Ernst Ludwig Theodor Henke

Konrad von Marburg

Beichtvater der heiligen Elisabeth und Inquisitor

Ernst Ludwig Theodor Henke

Konrad von Marburg
Beichtvater der heiligen Elisabeth und Inquisitor

ISBN/EAN: 9783743483866

Hergestellt in Europa, USA, Kanada, Australien, Japan

Cover: Foto ©Raphael Reischuk / pixelio.de

Manufactured and distributed by brebook publishing software (www.brebook.com)

Ernst Ludwig Theodor Henke

Konrad von Marburg

Konrad von Marburg.

Konrad von Marburg,

Beichtvater der heiligen Elisabeth und Inquisitor.

Von

Dr. E. L. Th. Henke.

Marburg.
N. G. Elwert'sche Universitäts-Buchhandlung.
1861.

Wenn es auch in diesem Winter wieder einigen Lehrern unserer Universität gestattet wird, einem großen Theile der gebildetsten Einwohner unserer Stadt Mittheilungen aus ihren Studien machen zu dürfen, so haben sie ja wohl die Pflicht, sich für die Ehre, welche ihnen hiedurch widerfährt, dadurch dankbar zu erweisen, daß sie bei der Wahl des Gegenstandes ihrer Rede wo möglich einen Zusammenhang suchen zwischen diesem und den Angelegenheiten Marburgs, diejenigen am meisten, welche sonst am wenigsten Hoffnung hätten, auf andere Weise einer solchen Versammlung ein Interesse abgewinnen zu können. Der Mann nun, durch welchen der Name Marburgs zuerst in die Geschichte eingeführt und bekannter geworden ist, und welcher auch in den höchsten Beziehungen der fürstlichen Heiligen so nahe stand, welche wir gern als die eigentliche Gründerin unserer Stadt betrachten, war Konrad von Marburg. Hat es aber bei Würdigung dieses Mannes zu keiner Zeit an der unruhigen Parteilichkeit gefehlt, welche ihn bald nur als blutgierigen Frohnvogt der Inquisition, bald nur als Heiligen und Märtyrer sich vorzustellen vermochte, so hat hoffentlich schon die Absicht einigen Werth, zwischen diesen Extremen eine rechte und gerechtere Mitte zu finden, wenn dafür auch nur die bereits bekannten, doch in neuster Zeit ein wenig vermehrten Zuthaten von Nachrichten haben verarbeitet werden können[1]. Wird es aber auf die nöthige Unparteilichkeit besonders dadurch angelegt werden müssen, daß der zu Beurtheilende möglichst in dem Zusammenhange seiner besondern Zeit betrachtet wird, so muß hier wohl zuerst, wenn auch nur in gröbsten Umrissen, eine solche

Beschreibung der damaligen öffentlichen und kirchlichen Zustände Deutschlands versucht werden, welche die Stelle, wo Konrads Thätigkeit eingriff, und den Charakter derselben etwas näher erkennen läßt, hiefür also zuerst um die Geduld der verehrten Zuhörer gebeten werden.

Das 13. Jahrhundert und besonders seine erste Hälfte war ohne Zweifel die Zeit, wo das Papstthum überhaupt und noch gewißer in Deutschland die höchste Stufe seiner Macht erreicht hatte. Gewonnen hatte es diese dort bereits über alle Klassen der Gesellschaft, über das Volk, über die geistlichen und weltlichen Reichsfürsten, und über den Kaiser, und zwar auch dadurch, daß von diesen dreien jeder nur allzu oft in den beiden andern seine Gegner gesehen hatte, darum aber das Papstthum bei Schwächung derselben unterstützt und diesem dabei auch Zugeständnisse eigener Unterwerfung gemacht hatte. Das Volk war nicht etwa nur im südlichen Frankreich, sondern auch in manchen deutschen Gegenden wie am Rhein und in den unsrigen hineingezogen in mancherlei Conventikelwesen der manichäischen Kathater, der Albigenser und Waldenser, der Brüder und Schwestern des freien Geistes, in welchem man nach mancherlei Gradunterschieden aus der heiligen Schrift nicht nur strenge ascetische Grundsätze, sondern auch Verwerfung der Sacramente und des Cultus, der Ehe und der geistlichen und weltlichen Obrigkeit und besonders des Papsts herauslas, und unter selbstgewählten Oberen in einem ausgebildeten über die Länder hin verzweigten Verbindungswesen allem in Kirche und Staat Bestehenden revolutionär gegenüberstand. Aber bei einem andern und größern Theile des Volkes war noch altes Vertrauen, Ehrfurcht und Anhänglichkeit genug für das Papstthum lebendig seit jenen Zeiten, wo sich dasselbe überhaupt erst durch wirkliches und vorgebliches Auftreten für Ordnung und Recht und gegen Verweltlichung und Despotismus einen Boden in den Herzen der Völker und dadurch die allein sichere Basis seines Einflusses erobert hatte; und je öfter das Volk gerade auch damals noch unter Willkühr und Gewalt durch seine nächsten weltlichen und geistlichen Oberen zu leiden hatte, desto sehnsüchtiger sah es sich noch oft nach Hülfe dagegen aus der Ferne und nach den Bergen um, über welche sie ihm früher bisweilen gekommen war, und desto schneller war es oft, ihr selbst bis zum Abfall vom Vaterlande entgegenzugehen und dienstbar zu werden, wenn sie sich ihm von dort anbot. Ferner die deutschen Fürsten, und zwar nicht bloß die weltlichen sondern auch die geistlichen, waren freilich wohl damals schon oft geneigt, nach oben am liebsten niemand, weder Papst noch Kaiser, über sich zu dulden; aber nach unten und gegen einander bedurften sie doch noch bald des einen und bald des andern, und eben deshalb dienten sie nicht nur bisweilen dem Kaiser gegen den Papst, sondern auch unter andern Umständen auch dem Papst gegen den Kaiser; wo ihnen der Kaiser dabei nicht helfen konnte oder wollte oder selbst ihr Gegner war, suchten sie dann desto williger die Hülfe des Papsts. Endlich der Kaiser machte zwar noch wie in den Tagen Karls des Großen, Ottos des Großen und Heinrichs III Anspruch auf die höchste Gewalt in der Christenheit, und eine höchste Gewalt kann von zweien, welche sie fordern, nur einer haben, aber nicht beide; und als Mehrer des Reichs mußte er auch die Pflicht anerkennen, was er etwa von dieser höchsten Gewalt in schweren Zeiten an eine andere verloren und diese sich dadurch übergeordnet hatte, ihr wo möglich wieder abzugewinnen; aber zuerst mußte doch sein eignes Reich gegen Volk und Fürsten feststehen, und wo diese sonst gegen ihn dem Papste zufielen, hatte er ebenso viel Nöthigung, um ihretwillen, und damit sie dies nicht thaten, die Eintracht mit dem Papste zu suchen und im schlimmsten Falle durch einstweilige Unterwerfung gegen ihn zu erkaufen. Dieser schlimme Fall war nun schlimmer als jemals zu Anfang des 13. Jahrhunderts für den Kaiser eingetreten, und durch die Eide welche Otto IV und Friedrich II dem Papste mit Zustimmung des Reiches hatten schwören müssen, daß sie ihm Ehrerbietung und Gehorsam leisten wollten, daß sie alle Kirchensachen ihm ganz überlassen und darin keine Appellation nach Rom hindern wollten, daß sie die Ausrottung der Häresie wirksam unterstützen wollten u. s. f. war zumal bei damaliger Unzertrennlichkeit geistlicher und weltlicher Sachen eigentlich der Papst dem Kaiser verfaßungsmäßig übergeordnet, und dies Verhältniß war auch noch durch die Einsetzung Friedrichs für Otto, als dieser in dem Conflict seiner Pflichten lieber dem Reich als dem Papst hatte dienen wollen, auf das stärkste praktisch geltend gemacht. Innocenz III hatte der Christenheit eine Verfaßung gegeben, welche wenn die menschliche Gebrechlichkeit und die in einer einzigen Hand größere Gefährlichkeit des Mißbrauchs und die von Gott geordneten Völkerunterschiede nicht wären, für die einheitvollste und insofern vollendetste Verkörperung und Erscheinungsform der ganzen Christenheit gelten könnte, und schon als eine nicht wie das erste römische Reich mit materiellen Waffen, sondern mit geistigen aufgebaute zweite römische Weltherrschaft bewunderungswürdig bleibt. Als im November 1215 im Lateran vor Innocenz' Throne die ganze Christenheit des Abendlands und Morgenlandes durch mehr als 2000 ihrer Fürsten, Bischöfe und Abgeordnete ihrer Patriarchen Kaiser und Könige vertreten sich darstellte, da erschien, wie der Historiker sich ausdrückt, welchen die Bewunderung dieser Größe sogar selbst in die ganz anders gestaltete katholische Kirche der Gegenwart hinübergelockt hat, — da „erschien Rom nicht nur in einem Glanze, wie ein ähnlicher das alte bei seiner Macht niemals verherrlicht hatte", sondern da war auch, darf man hinzusetzen, wie niemals vorher und niemals nachher wieder die ganze Kirche und die ganze Christenheit wenigstens einen Augenblick unter einerlei sichtbarem Kirchenregiment unirt; es war hier eine Gewalt verbunden, welcher keine andere sich vergleichen, keine andere widerstehen konnte, um so mehr, da sie auch zugleich die Reform der ganzen Kirche, die Abstellung alles Unrechts und alles Unfuges als ihre Pflicht und Aufgabe proclamirte und angriff, und sich dadurch Achtung und Vertrauen gebietend vor einem noch höhern Willen, als ihr eigener war, beugte [2]. Aber diese monarchische Theokratie unter einem unumschränkten Papst war eine zu neue und von dem älteren Kirchen- und Staatsrecht zu abweichende Verfaßung, und eine Abneigung

dagegen auch im Volke schon zu energisch und zu verbreitet, als
daß es sich ohne einen besondern Aufwand von außerordentlichen
Mitteln hätte hoffen lassen, sie dennoch bleibend durchzuführen und
einzuführen und alles ihr widersprechende Aeltere zu verdrängen;
und wenn vollends die rechte Benutzung der großen Macht sich
verminderte, und wenn doch die Freude am Besitz derselben und
die Herrschsucht blieb, dann mußte die letztere desto mehr außer-
ordentliche Anstrengungen machen, um sich gegen Widerstand und
gegen Vindiciren alter Rechte und neuer Freiheit dennoch zu behaupten. So geschah es auch. Von solchen Mitteln, wie sie die
Päpste des 13. Jahrhunderts mit großem Erfolg noch zahlreich
herbeizuschaffen oder zu benutzen wußten, kommen hier besonders
drei in Betracht: einmal die neue Verwendung der Kreuzpredigt,
ferner die beiden neuen Bettelorden, und dann die Inquisition. Die
Kreuzzüge hatten schon hundert Jahr vor Innocenz seiner Vorgänger Macht dadurch ungeheuer vermehrt, daß sie sie zu Gebietern
der bewaffneten Macht des ganzen Abendlandes erhoben und noch
besonders die streitbarsten Bestandtheile derselben, die drei geistlichen Ritterorden, ganz unmittelbar bloß ihrer Autorität unter-
worfen hatten; ein Templer, ein Johanniter, ein deutscher Ritter,
keinem Fürsten und Bischof zu irgend einem Gehorsam verpflichtet,
war nur ein Soldat des Papstes, aber jeder Kreuzfahrer war es
eigentlich auch, war durch die vielen Befreiungen und Indulgenzen,
womit der Papst ihn überschüttete, fast auch von jedem frühern
Rechts- und Dienstverhältniß emancipirt, und erhielt mit dem
Kreuz auf seiner Schulter ein Recht und eine Pflicht auf Diejenigen
loszuschlagen, welche ihm durch seinen Herrn als Feinde der Kirche
bezeichnet waren. Dazu aber kam erst jetzt das Neue hinzu, daß
man erst jetzt öfter das Kreuz gegen die Feinde der Kirche in der
Nähe predigen ließ, mit andern Worten, daß man erst jetzt öfter
einen Theil des Volks gegen den andern für den Papst aufwiegelte,
mit dem aufgehefteten Kreuz in die Pflicht des Papstes aber auch
unter seinen Schutz und seine Autorität stellte, und nun nach
Vorschrift Gewalt und Volksjustiz gegen die als übelgesinnt be-
bezeichneten, nicht Saracenen sondern Landsleute, üben lassen konnte

Die Bettelorden bienten dabei dem Papste noch als ein zweites Heer; waren die Cistercienser, welche noch im 12. Jahrhundert für die Bestreitung der Ketzer am thätigsten gewesen waren, doch grundsätzlich den Bischöfen gehorsam und dienstbar, in deren Dienste sie wirkten, so bedurfte es, wenn der Wille des Papstes auch gegen jede inländische Autorität sollte geltend gemacht und erweitert werden können, dazu einer von jeder geistlichen Obrigkeit des Inlandes völlig emancipirten bloß dem Papste unterworfenen streitbaren geistlichen Macht, und dazu rüsteten sich dicht nach dem Verbot gegen Stiftung neuer Congregationen die Päpste dieser Zeit doch noch die beiden Orden der Franciskaner und der Dominikaner aus. In jenem wurden ungeheure Volksmaßen vereinigt, aus der Noth wirklicher Armuth eine Tugend zu machen angewiesen, und dabei disciplinirt und verwandt, welche sonst großentheils wohl nur eine Last und eine Unruhe der Länder geblieben wären; der letztere, der Orden des Dominicus, war von Anfang noch unmittelbarer für den Dienst dieser innern Mission, für die Predigt gegen die abgefallenen Glieder der Kirche bestimmt, und dazu bald nicht minder wie die Franciskaner mit jedem Recht in jedes Haus und in jede Kirche einzubringen und geistliche Handlungen zu verrichten ausgestattet. Endlich die Inquisition war auch erst ein Werk dieser Zeit und zwar der Päpste dieser Zeit, und schloß ihrerseits auch einen Angriff gegen das bisherige Recht und einen Versuch zur Einführung eines neuen ein; denn untersucht, inquirirt war freilich gegen Häresie und insofern Inquisition geübt auch schon in allen früheren Jahrhunderten der Kirche; aber dies war bisher ein Recht und eine Pflicht jedes Bischofs in seiner Diöcese gewesen, welche ihm auch niemals ganz abgenommen werden konnten. Neu aber war, daß die Päpste dies jetzt nicht mehr ausreichend fanden zur Unterdrückung der zu gefährlich befundenen häretischen Auflehnung im Volke, daß sie das alte inländische Untersuchungsverfahren gegen sie zu schwerfällig, zu nachsichtig, zu ungleich fanden und darum zu beseitigen unternahmen, und daß sie dagegen eine eigene centralisirte Verwaltung einzusetzen suchten, zusammengesetzt aus außerordentlichen, bloß hiemit beschäftigten, von bewährten alten Rechtsformen dispensirten, von aller localen Autorität eximirten und bloß ihnen selbst untergeordneten Inquirenten, Inquisitoren gegen die häretische Bosheit, und zugleich Richtern derselben, denn erst dieses Institut, oder sollen wir sagen die Einführung dieses Kriegszustandes statt des alten Rechtszustandes, ist es, was man im engeren Sinne die Inquisition nennt. Und welch ein Erfolg konnte erst erwartet werden, wenn es gelang, dies dreifache, Kreuzpredigt, Bettelorden und Inquisition, näher zu verbinden und zusammenwirken zu lassen, wenn die Päpste, um die bestdisciplinirten und doch nur ihnen selbst subordinirten Inquisitoren sogleich in allen Ländern zu erhalten, bloß die Bettelorden mit der Inquisition zu beauftragen und dazu noch weiter zu privilegiren brauchten, und wenn diese sich dann überall noch so viel Bewaffnete, als sie brauchten, durch Aufheften des Kreuzes aus dem Volke aufrufen und diese sogleich gegen die Feinde des Papsts dreinschlagen lassen konnten!

In diese Stellung des Papstthums zu Anfang des 13. Jahrhunderts, in diese neue Benutzung alter und neuer Mittel zu seiner Befestigung gehört nun auch fast das ganze öffentliche Leben und Wirken Konrads von Marburg, welcher auch Kreuzprediger, Bettelmönch vielleicht, und sicher Inquisitor des Papstes war, und dessen Geschichte sich darum auch nach der Regierungszeit der drei Päpste, welchen er diente, am besten wird in Zeiträume abtheilen und übersichtlicher machen lassen. Es waren die drei: 1) Innocenz III, welcher bis 1216 regierte, 2) Honorius III, welcher bis 1227 lebte, und 3) Gregor IX, unter welchem Konrad noch bis zum Jahre 1233 lebte.

1.

Schon die Kindheit und Jugend Konrads kann in wenig frühere Zeit fallen, als in welcher Innocenz' III Pontificat anfing. Man weiß das Jahr von Konrads Geburt nicht; den Ort derselben bezeichnet wohl desto sicherer der Name Marburg, welcher dem seinigen, immerhin etwas abweichend, Maerburg, Margborg, auch Martburg, aber sonst ganz gleichmäßig beigefügt wird, und worunter nur der im Gebiet der thüringischen Landgrafen gelegene

Ort, an seinen Grenzmarken, wonach man auch den Namen Marfburg erklärt hat, verstanden werden kann³. Ungewißer ist, da zu jener Zeit noch keine Stadt Marburg existirte, ob man ihn auch einer abeligen Familie von Marburg zurechnen dürfe, deren Wohnsitze etwa zu den ländlichen Niederlassungen gehört haben möchten, mit welchen der anfangs in Oberweimar eingepfarrte Ort Marburg angefangen haben könnte; es finden sich in Unterschriften von Urkunden aus dem 12. und 13. Jahrhundert öfter Vornamen, welchen de Marburg und miles de Marburg beigefügt wird; auch nachher unter Konrads Gehülfen am Hospital der heiligen Elisabeth werden ein Hermann und Albert von Marburg genannt, und früher ein Werner von Marburg als Begleiter Landgraf Ludwigs auf dem Kreuzzuge, welche alle Verwandte Konrads gewesen sein könnten; von der andern Seite wird dieser auch früh nur „de oppido Marburg" und „von Marburg bürtig" bezeichnet, was wieder gegen jene Voraussetzung spricht⁴. Wo und wie er seine Studien zurückgelegt, ist auch nicht bekannt, doch wird er gewöhnlich Magister genannt, ein Name, welcher damals freilich auch nicht nur für Inhaber akademischer Grade, z. B. für Doctoren der Theologie, sondern wie das entsprechende „Meister" auch für Beamte anderer Art, für Vorsteher mancher Orden, z. B. der Ritterorden, für militärische Würden oder Aemter bei Hofe gebraucht wird; vielleicht bezieht man ihn bei Konrad am richtigsten schon auf sein vornehmstes Amt und supplirt haereticorum, denn mit diesem Zusatze, magister haereticorum, kommt das Wort auch vor, und bedeutet dann einen Inquisitor; wäre dies richtig, dann würde der Name Magister für Konrad nicht erweisen, daß er auf einer Universität, etwa in Paris oder Bologna, denn in Deutschland gab es damals noch keine, gebildet wäre, wofür auch sonst keinerlei Andeutung vorhanden ist. Das wenige, was man von seiner Hand hat, ist klar und lesbar lateinisch geschrieben, aber eine besondere theologische Schule kann man darin, oder in den einfachen Denksprüchen auf die heilige Elisabeth, deren Aechtheit auch ungewiß ist, nicht erkennen. Auch darüber hat man sich noch nicht geeinigt, was doch sehr wichtig wäre zu wissen, ob er einem Mönchsorden angehört habe, und wenn dies, welchem; oder ob keinem. Von einem Verhältniß zu den ältern Orden, etwa zu den bereits in der Nähe von Marburg ansäſſigen Ciſtercienſern, iſt keine Spur. Nur zwiſchen Dominikaner, Franciskaner und Weltgeiſtlicher wird man zu wählen haben, und für jedes der drei ſind auch nicht ſchwache Gründe angeführt; allein am wahrſcheinlichſten ſcheint es doch nach allem, was wir hier übergehen, daß er den Franciskanern, aber, wie zuletzt die heilige Eliſabeth ſelbſt, nur der britten Klaſſe dieſes Ordens angehört habe, in welche auch ſolche aufgenommen werden, welche im übrigen noch in andern geiſtlichen oder weltlichen Aemtern bleiben und darum nicht alle Verpflichtungen des Ordens übernehmen wollten [5]. Daß er zu irgend einer Zeit einmal in Rom geweſen ſei, vielleicht in früheren Jahren hier einen Theil ſeiner Bildung und ſeinen Beruf gefunden habe, das möchte man faſt aus ſeinem nahen Verhältniß zum Papſte vermuthen; aber bei dem völligen Mangel an einer ausdrücklichen Nachricht dafür reicht doch dieſer Umſtand dazu nicht aus, da er ſeine Vollmachten auch durch jeden Legaten oder beauftragten Prälaten erhalten haben kann. Schon unter Innocenz aber ſcheint nun ſeine Thätigkeit begonnen zu haben, und ſchon Innocenz war ja der Papſt, von welchem ſich jenes dreifache ſagen läßt, daß er die Kreuzpredigt auch ſchon mehr gegen die Feinde der Kirche in der Nähe habe anwenden laſſen, daß er die Bedeutung der Stiftungen des Franciscus und Dominicus für das Papſtthum erkannt, und daß er zu der eigentlichen außerordentlichen Inquiſition den Grund gelegt habe. Erſt Innocenz war es, welcher 1199 zwei Ciſtercienſer als eigene Beamte zur Aufſuchung der Ketzer des ſüdlichen Frankreichs aufſtellte, und ihnen Vollmachten gab, das Volk aufzufordern, daß es zu ihrer Unterſtützung die Waffen er= greifen, alſo ſich von ihnen gegen ſeine häretiſch befundenen Lands= leute anführen laſſen ſollte; großer Ablaß wird dem verheißen, welcher dieſer Aufforderung folgt, und den weltlichen Großen, welche dies nicht hindern ſondern unterſtützen, die einzuziehenden Güter unbeugſamer Häretiker, während ihnen zugleich unter Entſchul= digungen angezeigt wird, daß die außerordentlichen Bevollmächtigten auch über fie felbft Bann und Interdict ausfprechen follen, wenn fie diefelben nicht unweigerlich und ohne Appellation unterftützen °. Wie dies exequirt wurde, zeigten bald darauf die Gräuel des Albigenferkrieges, wo die Kreuzfahrer des Papftes allein in der Stadt Beziers nach einigen 15,000, nach andern 60,000, nach noch andern Zeitgenoffen 100,000 Männer, Weiber und Kinder umbrachten⁷. Doch auch fchon in andern Ländern fcheint man unter Innocenz mit diefer Art von Kreuzpredigt Verfuche gemacht zu haben, und fchon hier wird, freilich fehr unbeftimmt und fo daß Ungewißheit übrig bleibt, Konrad von Marburg genannt. Die Urfperger Chronik bemerkt zu einem Jahre des nächften Papftes, daß von den Kreuzpredigern aus Innocenz' Zeit nach deffen Tode nur noch drei, darunter Mag. Conrad de Marburg, in den Gegenden von Niederdeutfchland (in inferioribus partibus) übrig geblieben feien⁸, und die erfurter Chronik verfichert, daß Innocenz dem Konrad von Marburg bei der Kreuzpredigt, welche er für die ganze Kirche angeordnet habe, Deutfchland übertragen habe, „Teutoniam committendo"⁹. Weiter hat dann Trithemius fchon hier einen Anfang der inquifitorifchen Thätigkeit Konrads in Deutfchland ge= funden, und demnach überhaupt eine faft 20jährige Dauer der= felben angenommen; er bringt ihn auch in Verbindung mit einem Ketzergericht in Straßburg, noch unter Innocenz III, in welchem Konrad von Marburg als inquisitor apostolicus die Feuerprobe gegen 80 auf einmal ergriffene Häretiker angeordnet und darnach faft alle fchuldig gefunden und dem weltlichen Arme zur Ver= brennung übergeben haben foll¹⁰. Aber da man von diefer im Jahr 1212 durch den Bifchof von Straßburg und die von ihm aufgenommenen Dominikaner ausgeführten Ketzerverfolgung und Hinrichtung genauere und ältere Nachrichten hat¹¹, worin Konrad mit keinem Worte erwähnt wird, da er auch fonft nirgends im Süden Deutfchlands erfcheint, und vielmehr auf Niederdeutfchland angewiefen war, fo erfcheint die Angabe des Trithemius mehr wie ein Schluß aus der bei der Straßburger Inquifition gefchehenen Erwähnung der Dominikaner, zu welchen er ihn rechnet, und auch aus diefem Grunde zweifelhaft; was ihm die Urfperger Chronik unter Innocenz schon beilegt, bezeichnet sie näher als eine Aufforderung zum Zuge nach Jerusalem, also als eine eigentliche Kreuzpredigt in der alten, noch nicht in der neuen inquisitorischen Weise. Durch wen er auch nur hiemit beauftragt und von wo aus und in welche Gegenden von Niederdeutschland er damit gekommen sei, außer seiner Heimath, welche wohl auch mit dazu gerechnet sein wird, so wie was er dafür ausgerichtet habe, darüber wird für diese erste Zeit noch nichts bezeugt.

2.

Doch vielleicht kann man hierüber noch einzelnes vermuthen aus den Nachrichten über die unter dem zweiten Papst, unter Honorius III, von ihm verlebte Zeit, also aus den 11 Jahren von 1216 bis 1227. Honorius III handhabte die Kirchenzucht viel milder und nachsichtiger als sein nächster Vorgänger und sein nächster Nachfolger; er bestand nicht darauf, daß der von ihm gekrönte Kaiser Friedrich II den versprochenen Kreuzzug ausführte, oder unternahm doch nichts gegen ihn, als er ihn von einem Jahre zum andern verzögerte; die beiden Bettelorden der Dominikaner und Franciskaner erhielten zwar erst von ihm die päpstliche Bestätigung und damit that er allerdings einen ungeheuer folgenreichen Schritt für die weitere Befestigung einer alle sonstige Kirchengewalt an sich ziehenden und in sich aufnehmende Papstgewalt; aber die weitere Ausbildung der exceptionellen Einrichtungen gegen die Häretiker, für deren Unterdrückung nur der Kaiser bei seiner Krönung strenge Gesetze erließ [1][2], wurde unter ihm eher unterbrochen, und die außerordentlichen Vorschriften dafür wurden einstweilen nicht vermehrt. Indessen wurden die alten auch nicht aufgehoben, und so finden wir Konrad doch unter Honorius schon wenigstens einmal bei einem Ketzergericht miterwähnt. Der Bischof Konrad von Hildesheim, welcher sich vorher in Frankreich als Doctor und Kreuzprediger gegen die Albigenser hervorgethan hatte, darauf Domscholaster in Mainz und dann Dechant in Speier, und Pönitentiarius und Capellan Honorius des III. geworden und durch dessen Einfluß 1221 bei Lebzeiten seines Vorgängers in Hildesheim eingesetzt war [13], leitete hier sogleich 1222 eine Untersuchung ein gegen einen Prämonstratenser Heinrich Minnecke, welcher Propst im Kloster Neuwerk bei der zu Hildesheim gehörenden Stadt Goslar war, und das Ende war, daß der Propst, öfter wegen manichäischer Häresie verhört und erinnert, zuletzt dem weltlichen Arme zur Verbrennung übergeben wurde. Hiebei wird von einigen angegeben, daß bei diesem Proceß auch Konrad von Marburg mitgeholfen habe; doch darf man neu aufgefundene Briefe, in welchen Honorius III 1219 oder 1220 den „Mag. Conradus, scholasticus Maguntinensis, capellanus et poenitentiarius noster" zu fernerer Kreuzpredigt auffordert, und welche nach dieser Aufschrift an Konrad von Hildesheim, ehe dieser dort Bischof wurde, gerichtet sind, nicht für Briefe an Konrad von Marburg, welcher niemals in Mainz ein Amt hatte, und nicht für Zeugniße eines näheren Verhältnißes desselben schon zum Papst Honorius halten [14]. Gewißer ist, welches in dieser Zeit Konrads nächster inländischer Wirkungskreis war. Gerade im Jahr 1216 war in der Regierung Thüringens und Hessens auf seinen Vater Hermann I der Landgraf Ludwig VI gefolgt [15], ein junger Fürst strahlend auch durch jede weltliche Ritterlichkeit, wie wenn er den losgebrochnen Löwen angriff und niederschrie, oder den armen Krämer und seinen Esel an dem Bischof von Würzburg durch einen Feldzug nach Franken rächte; aber neben aller Tapferkeit und Heiterkeit auch gerecht und keusch, glaubens- und hingebungsvoll und darum auch fähig zu erkennen, was für ein Schatz, was für ein Herz in dem Königskinde aus Ungarn für ihn aufbewahrt war, welches man anfangs wie eine Schwester neben ihm hatte aufwachsen lassen auf der Wartburg, und welches man ihm nun wegnehmen wollte, als es ihn mit seiner Liebe auch zu einer höheren Liebe nachzuziehen anfing, wir meinen die nicht erst nachher von des Papstes Gnaden, sondern von jeher von Gottes Gnaden heilige Elisabeth. Ob Konrad von Marburg auch schon vorher mit Landgraf Hermann, welcher sein Landesherr war, in nähere Verbindung gekommen sei, ob er etwa mitgewirkt habe, als zwischen beiden dem Papst ergebenen Fürsten, König Andreas von Ungarn und Hermann, so früh eine Heirath ihrer Kinder vorbereitet, als 1211 Andreas Tochter, 4 Jahr alt, auf die Wartburg abgeholt wurde, wir wissen es nicht, und es ist unwahrscheinlich, da alle welche an jener Gesandtschaft Theil nahmen sonst so genau aufgezählt werden[16]. Aber von Landgraf Ludwig sagt uns nun einer der besten Zeugen, sein Kaplan Berthold[17], er habe Konrad von Marburg in solchen Ehren gehalten und so hoch erhoben, daß er ihm alle Aemter, über welche er ein Patronatrecht gehabt habe, unter seinem eignen Siegel, wie unter dem seiner Brüder, Heinrich Raspo und Konrad, welche also beistimmten, zu besetzen erlaubt habe. Magister Konrad von Marburg, heißt es weiter, „glänzte damals wie ein heller Stern in ganz Deutschland; denn er war gelehrt, rein in seinen Worten und in seinem christlichen Leben, ein Eiferer für den katholischen Glauben und ein gewaltiger Bekämpfer häretischer Bosheit; Reichthümer und weltlichen Besitz oder kirchliche Beneficien mochte er nicht haben; zufrieden mit dem einfachen Kleide eines demüthigen Klerikers war er ernst und fest in seinen Sitten, streng von Ansehn, gütig, dankbar und freundlich gegen die guten Christen, aber gerecht im Gericht über die schlechten, treulosen und ungläubigen („perfidis" drückt beides zugleich aus). Er predigte durch ganz Deutschland mit apostolischer Autorität, und eine unermeßliche Menge Kleriker und Volk zogen ihm nach; denn alle hielten ihn für einen heiligen und gerechten Mann, einige mit Liebe, andere mit Zittern. Den Landgraf Ludwig hatte er überzeugt, daß er sich weniger versündige, wenn er 60 Männer tödte, als wenn er eine Gemeine einem Unwürdigen anvertraue". In diesen Worten, welche den Eindruck wiedergeben, welchen ein sehr nahe stehender Zeitgenosse von ihm aufgenommen hat, werden neben der Härte Konrads doch auch so überwiegend viele gute Eigenschaften bei ihm anerkannt, daß das günstige Zeugniß, welches darin für Konrad wenigstens für diese Zeit darin liegt, nicht ignorirt werden kann. Dieselbe Mischung erscheint nun auch in seinem sonstigen Verfahren am Hofe auf der Wartburg, nämlich Unbeugsamkeit und Härte wohl auch genug, aber Verwendung derselben, um was ihm Recht und Zucht schien gegen Hohe und Niedere ohne Unterschied, oder vielmehr oft gegen die Höchstgestellten zum Schutz der Niedern durchzusetzen. Nicht nur seine Pfarren und deren Besetzung, auch die Leitung seiner Elisabeth vertraute ihm Landgraf Ludwig an. Er ließ es geschehen, daß sie durch ein eigenes in einer Kirche zu Eisenach abgelegtes Gelübde Konrad Gehorsam gelobte, vorbehältlich seines eigenen Rechtes gegen sie, und mit dem Ausdruck Beichtvater, confessor, bezeichnet Konrad selbst in seinem Briefe an den Papst dies Verhältniß, indem er es dadurch von dem noch näheren der spätern Zeit unterscheiden will [18]. In dieser Stellung ließ er es nun zwar nicht an einer Härte gegen Elisabeth fehlen, welche freilich nicht nach modernen Anschauungen, sondern im Sinne einer Zeit beurtheilt sein will, wo gegen eine allenthalben noch ausbrechende zügellose Leidenschaft Anfänge von Zucht und Selbstbeschränkung durchzusetzen nur das ebenso schroffe andere Extrem der leiblichen Casteiung und Peinigung ausreichend erschien, wo der Ausdruck Disciplin selbst die Bedeutung des beliebtesten Werkzeuges dafür, der Geissel, erhält, und wo Cardinäle eigene Aufsätze zum Lobe ihrer Wirkungen geschrieben haben [19]. So erzählt Isentrud, die vertraute Kammerfrau der Landgräfin, als Konrad einst die Elisabeth zu einer Predigt eingeladen habe, und diese wegen Ankunft der Markgräfin von Meissen nicht habe kommen können, habe er ihr sagen lassen, er werde sich wegen dieses Ungehorsams künftig nicht mehr um sie kümmern; erst als sie am folgenden Tage zu ihm gegangen und ihm zu Füßen gefallen sei, habe er sich endlich erbitten lassen, aber nicht ohne daß statt ihrer ihre ancillae — man weiß nicht recht, ob man Mägde oder Frauen oder mit Justi Kammerfräulein übersetzen soll, und auch das folgende ist nicht alles gut zu übersetzen — usque ad camisiam spoliatae bene sunt verberatae, hinlänglich von ihm gepeitscht seien, weil sie die Elisabeth zum Ungehorsam verleitet hätten. Aber in andern Fällen zeigt sich neben und an solcher Strenge auch noch eine andere Tendenz. Dieselbe Isentrud erzählt, Konrad habe der Elisabeth zur Pflicht gemacht, bei Tisch mit ihrem Manne dem Landgrafen nichts anzurühren, wobei sie nicht ein gutes Gewissen, nämlich die Gewißheit habe, daß es aus gerechten und rechtmäßigen Einkünften ihres Mannes herrühre, und nicht durch Druck gegen pflichtige Unterthanen gewonnen sei. Und Elisabeth hielt dies so streng, daß sie sich nun oft mit ihren eigenen durch ihr Wohlthun stets kargen Mitteln selbst hinhalten mußte, ja auch bisweilen neben ihrem Manne bei Tisch sitzend und nur Brot zerbröckelnd eigentlichen Hunger litt; und sie bestimmte doch auch ihre Frauen dies mitzuthun, und litt dann freilich noch mehr selbst, wenn diese nun auch nach den Ergebnißen der Nachfrage nichts anrühren durften. Oder wenn etwa bloß das Getränk zweifelhaft war, hieß es dann wohl, „heute können wir nur essen", oder wenn die Speisen, „heute nur trinken"; aber in kindlichen Jubel brach sie dafür aus, wenn einmal beides ehrlich erworben schien, und rief dann mit Händeklatschen, „nun ists gut, nun können wir trinken und essen". Die Frauen hatten sich dann auch, erzählt Isentrud, an den Landgrafen mit der bescheidenen Bitte gewandt, ob er nicht auch sich ihnen anschließen wolle, und Ludwig, freundlich und ausgleichend, aber nach allen Seiten und alle schonend, habe es zwar abgelehnt, wegen seiner Familie und wegen seines Gefolges, — seine Mutter Sophia von Wittelsbach war stolz und prachtliebend und wenig erbaut von der Aengstlichkeit ihrer Schwiegertochter — aber er habe doch erklärt, mit Gottes Hülfe wolle er doch künftig in seinen ganzen Etat eine bessere Ordnung bringen (de statu meo aliter ordinabo) [20]. Wir sehen, hier handelt sichs bei Konrad von Marburg, der dies herbeigeführt hat, doch nicht bloß um Ascese und Kleinigkeiten, um Essen und Trinken, sondern hier wartet er des besten Amtes, in welchem sich jemals ein Papst oder ein päpstlicher Agent im Mittelalter in die Angelegenheiten anderer Länder eingemischt hat; hier nimmt er sich des gedrückten Volks gegen die Mächtigsten an, in Fällen wo dieser niemand sonst zu widersprechen wagt, und schärft auch mittelbar und unmittelbar den Mächtigen selbst das Gewissen. Es war auch keine großartige Inquisitorenthätigkeit gegen Ketzer, was er dabei ausübte, kein Eindrängen päpstlicher Beamten und Verdrängen der inländischen Obrigkeit, sondern ein vielleicht in den Mitteln oft verfehlter Versuch, auf diese, auf die inländischen Inhaber der

Gewalt in Kirche und Staat eine für sie selbst und ihre Beherrschten heilsame Einwirkung auszuüben. Und müssen wir nicht überhaupt voraussetzen, daß die heilige Elisabeth, welche fast noch als Kind unter Konrads Leitung kam[21], neun Jahre alt, als Ludwigs Regierungszeit und bald darauf wohl auch Konrads Einfluß anfing, 14 Jahre als sie Ludwigs Frau, und 21 Jahre als sie Wittwe ward, — müssen wir nicht annehmen, daß sie zu dem, was sie wurde, geworden sei nicht bloß obgleich, sondern auch weil sie so früh unter diese strenge Zucht gestellt wurde, und daß auch Landgraf Ludwig, als er sie dieser Zucht überließ, dies selbst erwartet habe? Darin, daß er das gethan hatte, liegt fast ein ebenso günstiges Zeugniß für Konrad, wie in dem ausgesprochenen, welches Berthold über ihn ablegt. Es wird diese ganze Zeit die beste im Leben Elisabeths und Konrads gewesen sein, wo Elisabeth fast selbst noch Kind zwar schon für ihre armen Pflegekinder und ihre Kranken und alle Nothleidenden sich selbst absparte was sie konnte, aber sich auch für ihren Mann noch putzte, um, wie sie sagte, ihn selbst recht treu zu bewahren[22], und in der Liebe zu ihm und zu ihren Kindern die von Gott ihr auferlegten Pflichten den selbst erfundenen überordnete, und wo Konrad unter zwei milden Herren, dem Papst Honorius und dem jungen Landgrafen, an einer friedlichen und aufbauenden Wirksamkeit in seinem Heimathlande genug hatte.

3.

Dies wurde aber wieder ganz anders, als nun mit dem Jahre 1227 auf Honorius der dritte Papst folgte, unter dessen Regiment Konrad von Marburg thätig ward. Gregor IX[23] war ein Verwandter und ein Geistesverwandter Innocenz' III, auf dessen kühnste Herrscherplane er bereits im höchsten Alter mit jugendlichem Feuer einging. War er doch auch schon als Cardinal Hugolinus neben Innocenz und Honorius gerade dort am meisten gebraucht, wo es galt die folgenreichsten Verhandlungen mit Geschick im Interesse des römischen Supremats zu leiten, wie er z. B. im Jahr 1207 in Deutschland Philipp von Hohenstaufen, als dieser sich zu jeder Unterwerfung gegen Innocenz bereit erklärt hatte, vom Banne gelöst und Otto dem IV widerstanden hatte, wie er 1220 Friedrich II bei seiner Krönung zum zweiten Male das Kreuz aufgeheftet hatte. Jetzt begann er seine Papstregierung fast mit dem Bannfluche über den Kaiser Friedrich II wegen des von diesem verzögerten Kreuzzuges, und ließ es dabei Jahre lang, auch nachdem der Kaiser nun aufgebrochen war und Jerusalem wieder erobert hatte. Bald ließ er auch die Heiligsprechung der beiden Ordensstifter, des Franciscus und des Dominicus, folgen, mit welchen er wohl bei ihren Lebzeiten schon eng verbunden gewesen war, und überschüttete nun ihre Orden mit jenen Vorrechten, durch welche sie erst ein von aller kirchlichen und weltlichen Autorität jedes Landes befreites und doch in jedem zu allen wichtigsten kirchlichen Handlungen darin berechtigtes geistliches Heer des Papstes wurden, stark und unüberwindlich damals nicht nur durch die Tausende seiner Anhänger, sondern auch durch so hervorragende geistige Begabung und Thätigkeit derselben, daß aus dem ganzen Jahrhundert kaum ein Theolog, ein Philosoph, ein Naturforscher zu nennen ist, welcher nicht ein Franciskaner oder ein Dominikaner war. Und sogleich wurden dann auch die unterbrochenen Arbeiten für Einrichtung einer besondern Verwaltung der Inquisition, für Ausstattung derselben mit ausschweifenden Privilegien und Vollmachten und für die daneben erforderliche Beschränkung und Unterwerfung der inländischen Obrigkeiten und Einwohner wieder eifrig aufgenommen. Im Jahr 1229 wurde auf einem Concil zu Toulouse durch einen Cardinal ein ganz neues Statut für das Verfahren gegen die Häretiker erlassen[24], darin Vorschriften wie diese: die Bevölkerung jedes Orts, die Männer vom vierzehnten, die Weiber vom zwölften Jahre an, sollen einen Eid leisten, worin sie nicht nur der römischen Kirche Treue geloben, sondern auch versprechen, daß sie die Ketzer nach Kräften verfolgen und anzeigen wollen, und dieser Eid soll alle zwei Jahre wiederholt werden; wer vierzehn Tage nach dem Termin zur Eidesleistung noch nicht erschienen ist, wird selbst als der Häresie verdächtig behandelt; ebenso, wer nicht alljährlich an den drei hohen Festen beichtet und communicirt.

Aber Handschriften des Alten oder Neuen Testaments zu haben wird, den Laien verboten, höchstens ein Psalterium erlaubt, aber auch das nicht in der Volkssprache. In jeder Parochie soll ein Priester und zwei oder drei Laien zum Untersuchen und Nachsuchen eigends beeidigt und beauftragt werden; kein Haus, kein frembdes Gebiet soll ihnen verschlossen sein; der Beamte (baillvus), welcher sie nachlässig unterstützt, verliert sein Gut und sein Amt; wer wissentlich einen Ketzer duldet in einem Hause oder auf einem Grund und Boden der ihm gehört, verliert das Haus oder Gut, und das Haus wird abgerissen und das Gut confiscirt; sein Leib aber verfällt dem Gerichte ad faciendum inde quod debebit. Ketzer, welche sich unfreiwillig, z. B. aus Todesfurcht, zur Buße ausliefern, werden in muro includantur, das heißt aber doch wohl nur gefangen gesetzt, so jedoch, wird hinzugesetzt, daß sie darin nicht andere verderben können, und nach andern Bestimmungen soll ihr Gefängniß ein immerwährendes sein. Reuig zurückkehrende Ketzer aber werden von ihrem Wohnorte an einen besser gesinnten versetzt, und hier durch das Abzeichen unter die allgemeine Aufsicht gestellt, daß sie zwei Kreuze von anderer Farbe als der ihrer Kleider rechts und links aufgeheftet erhalten; sie können, so lange dies nöthig ist, keine öffentlichen Acte ausüben, bis der Papst oder sein Legat es ihnen wieder erlaubt. Hier war also wohl schon exceptionelles Verfahren genug, aber hier waren doch noch die inländischen Bischöfe und Aebte der Gegenden Frankreichs, welche es anging, mit der Anstellung der besondern Inquisitoren aus inländischen Geistlichen und Laien beauftragt. Aber schon in den Jahren 1232 und 1233 bestimmte Gregor IX nun die Dominicaner für mehrere Länder zu Inquisitoren[23], und die durch diesen päpstlichen Befehl hervorgerufenen Erklärungen französischer Bischöfe auf einer Synode zu Narbonne vom Jahr 1233 oder 1235[24] lassen erkennen, theils mit welchen Besorgnißen sie die bisher selbst geübte Inquisition an die Dominikaner aus den Händen gaben, theils wie sich nach weiteren päpstlichen Vorschriften das Institut auch schon weiter gebildet hatte. Die büßenden Ketzer mit den Abzeichen der farbigen Kreuze sollen Sonntags zwischen Epistel und Evangelium in die

Kirche kommen halb entkleidet und mit Ruthen in den Händen, mit welchen sie dort von dem Priester ihre Strafe erhalten sollen (disciplinam recipiant); ebenso und zu demselben Zwecke sollen sie jeden Monat in alle Häuser gehen, wo sie früher jemals mit Häretikern zusammen gekommen sind, und wo jetzt vermuthlich deren rechtgläubigere Nachfolger im Besitze wohnen; sie sollen Beiträge geben zum Kreuzzuge, aber als Buße soll ihnen ein Kreuzzug über das Meer, etwa zur Erwerbung allgemeinen Ablasses wie sonst, nicht mehr auferlegt werden, weil sie in der Ferne ohne Aufsicht leicht wieder conspiriren könnten; wenn so viele da sind welche ewiges Gefängniß verdienen, daß nicht Gefängnisse genug da sind und dazu nicht Steine und Lehm genug, so soll der Papst gefragt werden was geschehen solle, und nur über die schlimmsten sogleich die „immuratio" verhängt werden; kein Alter und Geschlecht, keine Krankheit, keine Pflicht von Gatten oder Aeltern oder Kindern soll vor dem Gefängniß schützen; Rückfällige sollen ohne das mindeste neue Verhör (sine ulla penitus audientia) sogleich an den weltlichen Arm abgegeben d. h. hingerichtet werden, als rückfällig aber auch angesehen werden, wer, nachdem er selbst abgeschworen hat, nur wieder anderen Ketzern Dienste leistet; nach besonderer päpstlicher Vorschrift sollen auch die Zeugen dem gegen welchen sie aussagen nicht genannt, und dessen Ausrede, es seien wohl Feinde, nicht beachtet werden; auch soll jeder Zeuge angenommen werden, auch criminosi und infames, und wessen Schuld durch Zeugen oder sonst feststeht, der ist, wenn er dann leugnet, unzweifelhaft (absque dubio) als Häretiker anzusehen, weil er offenbar unbußfertig ist (evidenter namque impoenitens est). Aber die französischen Bischöfe fügen sich, dies alles nun nach dem Willen des Papsts den Dominikanern zu übergeben, und entschuldigen sich sogar, daß sie ihnen diese Anweisungen dabei geben, es geschehe nur als Rath, nicht als wollten sie die ihnen eingeräumte volle Freiheit bloß unter Autorität und Aufsicht des Papsts zu handeln, irgend bezweifeln oder beschränken[27]. Es fragte sich nun, ob die deutschen Bischöfe ebenso fügsam, ebenso bereit sein würden, ihr eigenes altes Aufsichtsrechts in ihren Diöcesen aufzugeben, und die modernen päpstlichen

Verwalter desselben dort einziehen zu lassen und sich ihnen bloß
dienstbar zu machen, wie diese französischen; und eben dies führt
uns auf Konrad von Marburg zurück. Ihm scheint Gregor nun
vom Anfang seines Pontificats neben seinem Günstling Konrad
von Hildesheim diese Mission zugedacht zu haben, die neue päpstliche Verwaltung der Inquisition statt der inländischen bischöflichen
dort einzuführen, und ihn rüstete er dazu auch immer mehr mit
besondern Vollmachten und Vorrechten aus. Möglich, daß Konrad
mit diesem Papste auch persönlich bekannt gewesen war; man weiß,
daß dieser 1207 wegen Philipps von Hohenstaufen in Deutschland
war; in demselben Jahre 1207 wurde die heilige Elisabeth geboren;
Gregors ältester Biograph [28] sagt, daß er diese als Kind und
mit dem göttlichen Wort unbekannt zur Tochter angenommen habe
(suscepit in filiam); sollte er damals auch beim König Andreas
gewesen und ihr Taufpathe geworden sein? sollte schon ihre seltsam
frühe Verbindung mit Landgraf Ludwig durch ihn und Konrad
vermittelt sein? Oder hat erst Konrad von Hildesheim, welcher
noch als Bischof viermal in Rom war [29], Konrad von Marburg
mit dem Papste in engere Verbindung gebracht? Jetzt wenigstens,
wo Cardinal Hugolinus Papst Gregor IX geworden ist, behandelt
er Konrad in seinen Briefen sogleich anfangs wenn nicht wie einen
Legaten doch wie einen Agenten, auf welchen er vorzügliches
Vertrauen setzt, welchen er dilectus filius nennt, und bald großen
deutschen Bischöfen nebenordnet; schon im ersten Jahre 1227 bestätigt er, daß Konrad für Landgraf Ludwig die Geistlichen ernennen
soll, belobt ihn wegen seines Eifers in Ausrottung der Härefie
in Deutschland, und ermächtigt ihn schon jetzt gegen deren heim-
liches Wesen noch weitere geeignete Gehülfen, vielleicht schon bewaffnete und unbewaffnete, heranzuziehen und anzustellen; bald darauf
beauftragte er ihn mit einer Art von Visitation gegen unsittliche
deutsche Geistliche, gegen welche er einschreiten soll, und wenn dies
auch die Ordensgeistlichen mittreffen soll, so könnte es schon auf
Grund dieses Auftrages geschehen sein, daß er sich nun unter
Gregor selbst „Visitator der deutschen Klöster" nennt. Ein Schreiben
des Papsts vom Jahr 1231 preist dann bereits noch größere Erfolge,

welche er gegen die Häresie in Deutschland erreicht hat, drückt ihm in stärksten Ausdrücken dafür Dank und Liebe aus, und dehnt dem gemäß auch seine Vollmachten weiter aus; er soll sich ganz der Verfolgung widmen und darum mit der Untersuchung nicht aufhalten; er soll sich geeignete Helfer woher er immer will heran=ziehen und nöthigenfalls auch den weltlichen Arm anrufen; er soll auch gegen alle, welche Ketzer nur aufnehmen oder sonst begünstigen und vertheidigen, den Bann über ihre Personen und das Interdict über ihre Länder nach freiem eigenen Ermessen aussprechen, und die Abschwörenden absolviren dürfen; er soll allen, welche ihn mit Rath und That gegen die Ketzer oder gegen deren Beschützer unter=stützen, drei Jahr Ablaß von der Buße für ihre Sünden, und wenn sie etwa in diesem Geschäfte umkommen, allgemeinen Ablaß für alles ertheilen dürfen, 20 Tage Ablaß aber schon jedem der seine Predigt anhört; im Jahr 1233 wurde er sogar noch be=sonders ermächtigt, selbst Mörder und Mordbrenner zu absolviren, wenn sie das Kreuz gegen die Feinde in der Nähe nehmen und sich ihm mit den Waffen zur Verfügung stellen wollen [20]. So wird jetzt unter und durch Gregor Konrads ganze Stellung eine höhere und einflußreiche, und zwar ein Auftrag nach dem Systeme eines größeren, kein eigenmächtiges Unternehmen; aber herangezogen als Vertrauensmann und Werkzeug in die hohe Kirchenpolitik und in die Durchführung des absoluten Papstthums gegen den älteren Rechtszustand und gegen die Ueberreste episkopaler und territorialer Selbstständigkeit, geblendet durch die jederzeit lockende Phantasie, Zuständen der Auflösung erst mit Gewalt wieder Zucht und Ordnung aufzwingen zu müssen, wird er auch maaßloser und leidenschaft=licher, härter und zuversichtlicher in seiner Unerbittlichkeit, hoch=müthiger und schneller im Gebrauch jedes wirksamen Mittels. Auch gegen die Elisabeth zeigt er sich jetzt strenger und rascher, doch dazwischen hier noch am meisten theilnehmend und fürsorglich nach ihrem Bedürfniß; die ärmste ist nach dem frühen Tode ihres Gatten, als 21jährige Wittwe, von der Wartburg verstoßen; da werden, während die meisten sich scheuen für sie einzutreten, wenn nicht durch Konrad allein, wie Isentrud versichert, welche sonst nicht Ursache hat ihn zu rühmen, doch nicht ohne seine Vorstellung, ihre Schwäger erst wieder bewogen, sie fürstlicher zu behandeln³¹, und so zieht sie ihm denn zuletzt nach Marburg nach; ein besonderer Befehl des Papstes, welcher auch Briefe an sie selbst gerichtet haben soll³², stellt sie hier noch unbedingter als vorher unter seine Aufsicht. Freilich wird sie in dieser Stellung nicht ohne ihn, der dies selbst bezeugt, immer höher gesteigerten Idealen freiwilliger Entbehrung und Selbstpeinigung zugetrieben sein bis zu der Unnatur, daß sie es zuletzt als Gebetserhörung pries, von der Liebe zu allem Irdischen und so auch von der zu ihren Kindern endlich befreit zu sein³³, und bis zu ihrem frühen Tode; aber ein gewißes Maaß nöthigte er ihrer sich niemals genügenden Hingebung und Entsagung auch hier auf, wie wenn er ihr verbot, ein fremdes aussätziges Kind bei sich zu behalten, oder alles Eigenthum wegzugeben, auch das ihr bloß anvertraute, und ihren Unterhalt nur, wie sie wollte, an den Thüren zu erbetteln, also nicht bloß, wie er ihr gestattete, durch ein neues Gelübde der Welt abzusagen und die Verpflichtungen des dritten Ordens der Franciskaner zu übernehmen, sondern selbst Clarissin zu werden und sich den vollen Verpflichtungen des Ordens zu unterwerfen. Auch bei der Menge und Härte der Züchtigungen, welche Konrad über Elisabeth verhängte, kann seine Absicht noch völlig ernst und gewissenhaft geblieben sein, wenn sie auch nach der Ungleichheit beider noch schuldloser empfangen als vollzogen sein werden³⁴. So war denn auch das dankbar und menschlich, und nicht etwa nur pfäffisch und papistisch, daß er nicht unterlassen konnte, der schönsten und göttlichsten irdischen Erscheinung, welche in sein trübes Leben hineingeleuchtet hatte, das beste Denkmal, welches er kannte, und welches auch kaum zu übertreffen war, die Heiligsprechung und dadurch das dauernde dankbare Andenken der Kirche zu vermitteln; schon im Jahre nach Elisabeths Tode ließ er den Erzbischof Siegfried von Mainz zwei Altäre über ihrem Grabe weihen, predigte dabei, wie er dieß selbst bezeugt, im Freien zu einer ungeheuren Volksmenge, welche er zu Aussagen über die Elisabeth aufforderte, und durch seine Berichte über die Wunder — nicht eben solche welche sie

selbst im Leben verrichtet habe, davon wußte er nicht viel, und
die schaffte größtentheils erst später der Hymnus der dichtenden
Sage, sondern nur solche, welche ihr Gedächtniß und ihre An=
rufung heilend und befreiend an den Geistern und an den Leibern
der Gläubigen bewirkt habe, — leitete er die Heiligsprechung der
Elisabeth ein, welche Gregor freilich erst viel später und auf mehrfache
Rückfragen andern als ihm gewährte³⁵. Auch andere Werke der Ver=
söhnung gelangen ihm in dieser Zeit, wie wenn er den Schwager der
Elisabeth, den Landgrafen Konrad, welcher den Erzbischof Siegfried
geschlagen und ihm Fritzlar verwüstet hatte, mit diesem versöhnte³⁶
und dadurch den Eintritt Konrads in den deutschen Orden und
dadurch wieder den Bau der Kirche, welche wir bewundern³⁷,
vorbereitete, oder wenn er die Ansprüche der Johanniter auf das
Hospital der heiligen Elisabeth im Jahre 1232 durch eine richter=
liche Entscheidung mit päpstlicher Autorität ab und zur Ruhe ver=
wies³⁸. Aber von demselben Jahre 1232 an, wo auch Kaiser
Friedrich II nach seinem Frieden mit dem Papst dessen Ketzer=
gesetze durch kaiserliche unterstützte³⁹, erscheint nun Konrads vor=
nehmste Thätigkeit in einem Maaße wie niemals vorher dem Inqui=
sitionswerke zugewandt, und eben hier durch die Belobungen und
Vollmachten des Papstes allerdings zu jener Dienstbeflissenheit
gegen ihn aufgestachelt, welche für den Gedanken an das Wohl
und Wehe des eignen Volkes und an die für eine gerechte Sache
auch erforderliche Rechtmäßigkeit der Mittel keine Ruhe und keinen
Raum übrig läßt, und welche ihn deutschen Hexenrichtern und
französischen Revolutionscommissaren anderer Zeiten nur allzu
ähnlich macht. Die von Frankreich her an den Rhein und Hessen
nach Thüringen vorgedrungenen Conventikel von Häretikern oder die
bloße Voraussetzung ihres Vorhandenseins sind das Object dieses
Eifers; aber nach dem angewandten Verfahren, wie nach den
sonst vorhandenen Nachrichten, wird es nicht mehr zu entscheiden
sein, ob was davon wirklich in diesen Gegenden verbreitet war
mehr den manichäischen ganz antichristlichen Katharern oder den
näher an die Bibel angeschlossenen Waldensern angehörte, oder
beiden; auf jene weist die Verehrung des aus dem Himmel

gestürzten Lucifer, auf diese die bei ihnen erwähnten deutschen Bibelübersetzungen hin⁴⁰; die Inquisition Gregors richtete sich bereits mit gleicher Strenge gegen beide, und die Verfolgung pflegt in solchen Fällen überhaupt keine Gradunterschiede zuzugeben, sondern überall nur die schlimmste Form vorauszusetzen. In Oldenburg scheint Konrad nicht selbst gewesen zu sein, und über die dortigen Stedinger nur an den Papst berichtet zu haben⁴¹; noch weniger in Leiden⁴². Aber „unzählige Ketzer", sagen die Erfurter Chronisten schon zum Jahr 1232, wurden damals vom M. Konrad von Marburg in apostolischer Autorität verhört und dann durch weltlichen Urtheilsspruch verurtheilt und verbrannt, und so am 5. Mai zu Erfurt vier in Gegenwart Konrads⁴³. In dieser Zeit müßte es auch geschehen sein, was freilich erst im 15. Jahrhundert durch die Gerstenbergersche Chronik für Marburg bezeugt wird⁴⁴, daß Konrad auch dort „etliche Ritter, Priester und andere treffliche Leute ergriffen, etliche bekehrten sich, etliche wurden verbrannt hinter dem Schlosse zu Margburg, darum heißt es noch in der Ketzerbach"; auch eine alte Frau von den Gütern der Schenk zu Schweinsberg, heißt es hier, „war so gar in dem Unglauben betrogen, daß sie niemand mochte davon bringen, und wollte auch ihre Buße nicht empfahen, deßhalb ward sie verbrannt". Am meisten aber scheinen die Ketzer doch am Rhein verbreitet gewesen zu sein, und an die dortigen großen Bischöfe richtete der Papst daher auch jetzt wiederholte Aufforderungen, daß sie die Schmach der Häresie unterdrücken helfen sollten; ebenso an den Sohn Friedrichs II, den jungen deutschen König Heinrich VII⁴⁵. Es war aber gerade die Zeit, wo diesem die Abhängigkeit und Unselbstständigkeit, in welcher ihn sein Vater zu erhalten suchte, drückend zu werden anfing; und wie Friedrich II darin seinem Gegner dem Papste ähnlich war, daß er, wie dieser, nicht bloß ein Land, sondern ein möglichst großes römisches Reich regiren wollte, sogar dasselbe wie der Papst, und daß er sich diese Herrschaft so absolut und unumschränkt als möglich wünschte⁴⁶, so versuchte sein Sohn damals durch mehr Entgegenkommen gegen die dem Kaiser wie dem Papst unbequemen Ansprüche geistlicher und weltlicher Reichs-

Fürsten Deutschlands sich mehrere von diesen zu verbinden, und so konnte hier auch aus diesem Grunde ein Conflict zwischen den für die Selbständigkeit ihres eigenen Kirchenregiments streitenden inländischen Bischöfen einerseits und mit dem päpstlichen Emissär und Inquisitor andererseits nicht ausbleiben. Bei der Art, wie Konrad hier einschritt, wurde ihm darum desto mehr eins zum Vorwurfe gemacht und verderblich, was man ihm anders angesehen auch nachrühmen könnte; während nämlich zu andern Zeiten die Kirchenzucht von ihren Freunden wohl gegen die Niedern, aber nicht gleich gut gegen die Hochgestellten in der Gemeine ausführbar befunden und dann selbst dem Vorwurfe der Ungerechtigkeit ausgesetzt gewesen ist, griff Konrad ohne alles Ansehn der Person nach ganz gleichem aber freilich auch überall gleich leidenschaftlichem Verfahren reichsunmittelbare Herren und Edelleute ebenso rückhaltslos wie das arme Weib aus Schweinsberg mit seiner Kirchenzucht an; ja wenn eine Ungleichheit war, so war er eher gegen das niedere Volk nachgiebig, aus welchem er seine Freischaaren von Kreuzfahrern aufrief, als gegen den Adel; „auf des Papsts Ansehn gestützt", sagt in diesem Sinne die Trierer Chronik"[7], „und voll persönlichen Muthes wurde er so frech, daß er niemand fürchtete und daß ihm ein König oder Bischof so viel galt wie ein armer Laie". Zwei andere, viel schlimmer als er, hatten ihm gerade hier schon vorgearbeitet. Konrad Tors oder Dorso, und ein anderer des Namens Johannes oder Hans, nur mit einem Auge und einer Hand, beide früher selbst Ketzer und jetzt mit desto mehr Apostaleneifer sich rühmend, sie könnten sie überall erkennen und auffinden, der erstere jetzt Dominikaner, hatten schon seit 1231 auf eigene Hand mit agitirten Volkshaufen hinter sich nicht bloß Volksjustiz sondern auch Volksinquisition geübt, hatten die Richter eingeschüchtert und gezwungen nach ihrer Angabe hinrichten zu lassen, weil es, sagten sie, besser sei, daß hundert Unschuldige brennten, als daß ein Schuldiger davon komme; sie hatten sogar, wenn die wormser Annalen hier recht berichten, mehrere Fürsten und Herren nach der von Friedrich II so eben wieder verfügten Güterconfiscation der Ketzer ihren Proceduren geneigt gemacht;

„wir verbrennen euch die reichen Leute, und ihr zieht das Gut ein, der Bischof die eine Hälfte, und der weltliche Richter die andere" sollen sie ihnen gesagt und damit selbst beim Könige Heinrich anfangs Beifall gefunden haben⁴⁸. Diese drängten sich nun an Konrad an, und unter die Flügel seiner päpstlichen Vollmachten und seines bessern Rufes, weil er »quasi propheta reputabatur«, und er wollte oder konnte sich ihrer nicht erwehren; auch von einer 20jährigen Landstreicherin (»femina vaga«), Alaibis, welche mit ihren Verwandten zerfallen war, nahm er Denunciationen gegen diese an; von einem mit Gefängniß bestraften Manne Amfried auch noch gegen viele andere⁴⁹. Nun verbunden verfuhren sie so gegen die welche sie anfielen: wer sich zur Häresie und zugleich reuig bekannte, wie mehrere ganz Unschuldige thaten, nur um ihr Leben zu retten, dem schoren sie das Haar über den Ohren ab, und so gezeichnet und beschimpft (die farbigen Kreuze waren noch nicht üblich) und dadurch unter Aufsicht gestellt mußte er bleiben so lange es ihnen gefiel. Wer aber leugnete, wurde verbrannt, und zwar an demselben Tage, wo er verurtheilt war, ohne daß eine Vertheidigung oder eine Appellation zugelassen wäre⁵⁰. Dies wirkte denn auch wie die Folter beim Hexenproceß; einige (dieses sind Worte aus dem Berichte des Erzbischof von Mainz an den Papst) einige welche aussagen und Conventikel (»scholas«) bezeichnen sollten, sagten sie wüßten nicht wen sie nennen sollten, man möge ihnen einige Verdächtige nennen; und wenn es dann hieß: Graf Sayn, Graf Arnsberg, Solms, Gräfin Loß, dann bejahte der Zeuge, „diese sind gerade so schuldig als ich, diese waren auch in der Schule wie ich", und so denuncirte die Frau den Mann, der Herr den Knecht und der Knecht den Herrn; einige gaben den geschoren Losgelassenen Geld und baten dafür um Anweisung wie man durchkommen könne⁵¹. Auch viele des Herrenstandes wurden geschoren und mehrere verbrannt; gegen fünfzig, welche geschoren waren, behaupteten nachher, es sei ihnen Unrecht geschehen; auch andere Dominikaner und Franciskaner nahmen Befehle von den beiden an, welche gar keine Vollmachten hatten, und übten das Verbrennen auch mit⁵². Dies war nun doch zuletzt auch für die eingeschüchtertsten zu viel. König Heinrich hielt am 25. Juli 1233 eine große Versammlung von Bischöfen und Fürsten zu Mainz, auf welcher, wie es scheint, in Folge der päpstlichen Aufforderungen an den König wie an den Erzbischof von Mainz und in Folge der kaiserlichen Gesetze wegen der Ketzer über das ganze Verfahren gegen diese jetzt neue Beschlüsse gefaßt werden sollten; ein umfangreiches Statut dafür, vom Erzbischof an seine Bischöfe erlassen, ist noch vorhanden [53]. Vor diese Versammlung stellte sich nun auch Graf Heinrich von Sayn, ein Mann, welchen einige als grausam bezeichnen [54], selbst die wormser Annalen aber als einen vir christianissimus, reich und von strengsten Sitten, und fest entschlossen, seinen katholischen Glauben mit ganzer Kraft zu vertheidigen. Diesen hatte Konrad bereits vorgefordert, und seine Helfer versicherten schon, wenn er nicht bekennte, werde man ihm seine schönen Burgen mit alten Weibern überfallen und wegnehmen [55]. Der Graf wies nun vor der ganzen Versammlung durch vielfaches Zeugniß einer Reihe der glaubwürdigsten und keiner Häresie verdächtigen Männer nach, daß an seiner Katholicität nichts auszusetzen sei, und alle versammelten Bischöfe und alle Geistlichen stimmten ebenfalls in dieses Zeugniß ein. Doch auch Konrad von Marburg und seine Mitrichter waren erschienen, und er fand die Zeugnisse, trotzdem daß alle sich dafür erhoben, nicht genügend und sich nicht bewogen den Grafen freizusprechen; und wie sehr sich nun auch Erzbischof Siegfried von Mainz (er bezeugt es selbst [56]) zusammen mit den Erzbischöfen von Trier und Cöln bemühte ihn zu bewegen, daß er in der ganzen Sache gemäßigter und umsichtiger verfahren möge, so konnten sie ihn nicht einmal dazu vermögen, was zur Erhaltung der Ruhe das nöthigste war, daß er es nun unterlassen hätte sogleich in Mainz das Kreuz zu predigen, das hieß nichts geringeres als sich aus dem Volke von Mainz, auch wenn er wollte aus dazu absolvirten Mördern und Mordbrennern, einen bewaffneten Freischaarenhaufen nöthigenfalls gegen die inländische Obrigkeit, den Erzbischof von Mainz und den König Heinrich und ihre ganze Versammlung zusammen zu predigen; er bedürfe dessen, hieß es, wenigstens gegen die welche auf seine

Citation nicht erschienen waren ³⁷. Konrad von Marburg erreichte auch, daß der König Heinrich die Entscheidung über den Grafen noch auszusetzen für nöthig hielt; schon meldeten sich zwar auch Zeugen, welche früher gegen ihn ausgesagt hatten, sie seien getäuscht oder gezwungen; vergebens bat der Graf bringend um den Schluß der Sache; man rieth ihm zuletzt an den Papst zu appelliren, was er auch that; und der Erzbischof Dietrich von Trier aus dem Hause Wied rief wenigstens einstweilen in das Volk hinein: „ich erkläre euch, daß der Graf von Sayn als ein katholischer Mann nnd unüberwiesen von hier weggeht", während Konrad murmelte: „wäre er bereits überwiesen, so wäre es anders" ⁵⁸. Bei diesem Stand der Sache reiste dann Konrad von Mainz ab, wollte vielleicht, erbittert wie er war, nicht einmal sicheres Geleit vom König und Erzbischof annehmen, nach andern Nachrichten erhielt er es ⁵⁹, und auf diesem seinem Rückwege in seine Heimath Marburg war es denn, wo er in deren Nähe, fünf Tage nach dem Anfang der Mainzer Versammlung, am 30. Juli 1233, zusammen mit seinem Begleiter, einem Franciskaner Gerhard, erschlagen wurde, nach den Wormser Annalen durch nachsetzende Edelleute und andere, deren Aeltern oder welche selbst beschimpft oder verurtheilt waren, nach der Erfurter Chronik durch solche vor seinem Gericht nicht Erschienene und nicht genügend Entschuldigte, gegen welche er dafür das Kreuz gepredigt, also über sie dasselbe verhängt hatte womit sie ihm dann hier zuvorgekommen wären und was unter solchen Umständen fast zur Nothwehr für sie wurde; nach Trithemius sollen es die Herren von Dernbach gewesen sein, welche ihm dort aufgelauert und auf seine Bitten um Gnade noch vorgehalten haben sollen, daß er ja auch mit niemand Erbarmen gehabt habe und dafür nun seine verdiente Strafe erhalte ⁶⁰. Auch von seinen beiden Gefährten wurde Dorso später im Elsaß von einem Ritter von Mülnheim, welchen er als Ketzer angriff, erschlagen, und Hans mit dem einen Auge zu Friedberg gehangen ⁶¹. Konrad aber erhielt wenigstens ein mehr als ehrliches Begräbniß, denn er hat mit Gerhard an der Seite der heiligen Elisabeth in der Kapelle, welche er selbst mit eingeweiht hatte, seine Ruhestätte gefunden ⁶². Wie aber der Papst?

Schon vor der That war eine Gesandtschaft von Geistlichen sogleich von der Mainzer Versammlung mit Briefen des Königs Heinrich und der Bischöfe nach Rom geschickt nicht nur zu einer Verwendung für den Grafen Sayn, sondern überhaupt um das Verfahren Konrads dort vorzustellen, und hier soll Gregor ihnen auf dies erste Wort recht gegeben, seinen Bevollmächtigten in starken Ausdrücken desavouirt und gesagt haben, er wundere sich daß sie ein so unerhörtes Verfahren so lange ertragen hätten, ohne sich bei ihm zu beschweren; er wolle auch nicht, daß dergleichen länger gestattet werde, und erkläre es alles für nichtig. Selbst als er dann später durch Dominikaner von den Ermordungen Kunde erhielt, soll er den Boten noch gesagt haben: „toll sind die Deutschen immer gewesen, und diesmal haben sie auch tolle Richter gehabt", und er soll nun verfügt haben, daß beim Inquiriren gegen die Häresie in Deutschland das alte Verfahren hergestellt und alle Geistliche für irregulär erklärt werden sollten, die an dem letzten Verfahren theilgenommen hätten. So wenigstens versichern die Wormser Annalen, und so sei dann, sagen sie zuletzt, mit Gottes Hülfe Deutschland von diesem abnormen und unerhörten Verfahren befreit, also durch den Papst selbst, was diesem auch in unsern Tagen schon von katholischen Historikern nachgerühmt ist[63]. Nach der Erfurter Chronik dagegen[64] soll der Papst, als die Nachricht vom Tode Konrads nachkam, sein eigenes Schreiben, worin er dessen Verfahren schon gemißbilligt hatte, wieder zerrissen haben, und die Abgesandten des Königs Heinrich und der Mainzer Versammlung sogleich mit Strafen haben belegen wollen. Wirklich liegen auch noch aus dem October 1233 drei Ausschreiben Gregors IX vor[65], eins an alle deutschen Bischöfe, Aebte und Prälaten zusammen, und die beiden andern noch an drei derselben insbesondere, an den Erzbischof Siegfried, den Bischof Konrad von Hildesheim und einen Dominikanerprovincial Konrad, worin er Konrad von Marburg und sein Verfahren nicht nur nicht mehr für toll erklärt, sondern in Ausdrücken von ihm redet, als müsse er hier einen zweiten Thomas Becket kanonisiren: alle sollen an allen Sonn- und Festtagen über Konrads Mörder und deren Beschützer und

Vertheidiger so lange feierlich den Bann und über ihre Aufenthalts=
orte das Interdict aussprechen, bis sie Genugthuung geleistet, und
zu deren Erwerbung sich in Rom vor ihn gestellt haben, und die
drei sollen nach wie vor an Konrads Stelle in allen Gegenden
Deutschlands, welche sie dazu geeignet finden, gegen die durch
Konrads Tod ermuthigten Ketzer das Kreuz predigen, und allen,
welche sie dann zu persönlichen Diensten oder auch nur zu Geld=
beiträgen willig finden, Vergebung aller ihrer Sünden, so gut als
wenn sie nach Jerusalem gingen, verheißen; was der Bischof
Konrad von Hildesheim denn auch wirklich sogleich in Sachsen und
Thüringen zu befolgen anfing. Und in andern Ländern, wie in
Frankreich, wurde ja auch dies ganze erst unter Gregor dort auf=
gebrachte Inquisitionsverfahren festgehalten und durch ihn noch fort=
gebildet, welches ja auch die Norm von Konrads Verfahren, nicht
dessen eigene Willkühr gewesen, nur in der Ausführung von ihm
noch übertrieben war. Aber in Deutschland kam es, mit oder ohne
Zustimmung des Papstes also, nicht wieder zur Erneuerung des=
selben. Zwar den Mord Konrads konnte man dort nicht gutheißen;
am 30. November, also wohl schon nach Ankunft der päpstlichen
Schreiben, überlieferten sechs von denen, welche daran theil=
genommen hatten, sich selbst den geistlichen und weltlichen Gerichten;
aber den inländischen, nicht dem des Papstes; und nicht nur dies
ließ man geschehen, sondern widersetzte sich dem Papste auch noch
weiter. Am 2. Februar 1234 hielt König Heinrich eine feierliche
Versammlung zu Frankfurt**, wo Bischöfe und Fürsten und sonst
Geistliche und Weltliche, in großer Zahl hier erschienen, nach den
letzten päpstlichen Forderungen berathen sollten, was ferner geschehen
solle. Hier wagte bloß ein Dominikaner und der Bischof Konrad
von Hildesheim für den Papst und für Konrad von Marburg zu
sprechen; aber der König Heinrich machte dem Bischof Vorwürfe,
daß er dem Papst gehorcht und die Kreuzpredigt erneuert habe; ein
anderer Prälat rief, Konrad von Marburg müsse ausgegraben
und als Ketzer verbrannt werden; die noch nicht freigesprochenen
Angeklagten, tumultuarisch mit einem Kreuz einherziehend, machten
eine solche Beschreibung von Konrads Thaten, daß es gefährlich

wurde ihn noch zu vertheidigen; der Graf von Sayn, für welchen acht Bischöfe, zwölf Cistercienseräbte, ebenso viele Franciskaner, aber auch drei Dominicaner und Benedictiner sammt allen weltlichen Fürsten und Baronen sich verbürgten, wurde nun erst durch den Spruch des Königs definitiv für gerechtfertigt erklärt, und ähnliches wird den übrigen gewährt sein, welche sich aus Furcht von Konrad hatten scheren und als Ketzer zeichnen lassen aber längst nicht mehr dafür gelten wollten und Lossprechung forderten; ausdrücklich wird dies von einem Grafen Solms bezeugt, welcher mit Thränen betheuerte, daß er sich aus Todesfurcht zur Häresie bekannt habe, und welcher nun mit den Seinigen noch förmlich als gereinigt anerkannt wurde; selbst von den sechs, welche sich als Mörder angegeben hatten, ist nicht mehr besonders die Rede. Schon von Zeitgenossen oder nahestehenden Zeugen wurde dies als ein eigentlicher Sieg betrachtet; so sei, sagt die Trierer Chronik[67], die schwerste Zeit überstanden, welche seit den Zeiten des häretischen Kaisers Constantius und Julian gewesen sei; man habe wieder frei aufgeathmet, und jener Graf Sayn habe wie eine Mauer vor dem Hause Gottes gestanden, daß jene freche und gottlose Wuth nicht weiter habe um sich greifen können, welche sonst noch ferner Schuldige und Unschuldige, Bischöfe und fromme und katholische Fürsten jeder Art ebenso gut wie Landleute und Ketzer ins Verderben gestürzt haben würde. Und so ist nach diesem Widerstande des deutschen Königs und deutscher Bischöfe und Fürsten die Einführung einer der ordentlichen inländischen Obrigkeit entzogenen und bloß päpstlichen Agenten mit maaßlosen Befugnißen übertragenen Inquisition auch später in Deutschland nicht mit Erfolg wieder versucht. Zwar als noch 1234 und 1235 Papst und Kaiser sich gegen den König Heinrich gerade wegen solcher auch hier von ihm begünstigter aber beiden verhaßter Vermehrung territorialer Selbständigkeit der Reichsfürsten leichter vereinigten, und als Gregor dem Kaiser bei Absetzung seines Sohnes mit dem Banne gegen diesen nachhalf[68], da ließ er auch noch durch denselben Konrad von Hildesheim, welchem man zu Frankfurt seinen übermäßigen Gehorsam gegen den Papst vorgeworfen hatte, den übrigen Theilnehmern an

den dortigen Beschlüssen, also auch dem Könige, für ihr eigen
mächtiges Verfahren ohne Beachtung und Einholung der päpstlichen
Entscheidung einen strengen Verweis ertheilen [69], welcher bei der
nächsten Versammlung wo der Kaiser erschiene, feierlich bekannt
gemacht werden sollte; Gregor legte erst jetzt noch den Mördern
Konrads schwere Bußen, darunter einen Kreuzzug nach Palästina,
auf, nach deren Erledigung sie erst absolvirt werden sollen, und
alle welche sie mit Rath und That unterstützt haben, sollen auch
erst Genugthuung leisten, oder feierlich gebannt werden, und eben so
lange selbst und mit ihren Nachkommen zu keinerlei Amt und Würden
fähig sein; erst jetzt entschloß er sich auch zur Heiligsprechung der
Elisabeth (1. Juni 1235), zu deren Translation am 1. Mai 1236
Friedrich II persönlich in Marburg erschien [70]. Aber wie diese
Freundschaft zwischen Papst und Kaiser nicht lange Bestand behielt,
so führte auch dieses Auftreten des Papsts gegen die Gegner
Konrads von Marburg nicht wieder zur Herstellung einer Inquisition
in seiner und Gregors IX Weise, sondern man hat sich von hier an
in Deutschland mit der alten regelmäßigen Jurisdiction der inlän=
dischen Bischöfe begnügt, bis erst viel später in dem Hexenproceß
etwas im Verfahren wie in den Wirkungen der schlimmsten
Inquisition ganz Aehnliches wieder hat auftauchen und sich Jahr=
hunderte lang unter Katholiken und Protestanten behaupten
können.

Anmerkungen.

Die vorstehende Vorlesung, am 13. November 1860 im Rathhaussaale zu Marburg gehalten, reiht sich den Vorträgen an, welche dort auch im Winter 1860—61 wieder von Lehrern der Universität vor einer gemischten Versammlung von Männern und Frauen sind gehalten worden. Diese nächste Bestimmung derselben gebot alles was bloß zur Untersuchung und Nachweisung gehörte aus ihrem Texte möglichst fern zu halten; wenn es aber bei dieser Scheidung gelassen werden sollte, so beburfte es diesmal noch etwas ausführlicherer Anmerkungen zum Texte, damit durch sie jenes Fehlende, so weit es der immer noch mehrfach streitige Gegenstand zu fordern schien, einigermaßen nachgeholt werde. Sie konnten dabei auch zur Mittheilung eines längern, wie es scheint bisher noch ungedruckten und vielleicht von Konrad selbst concipirten Actenstücks benutzt werden.

1.

Von Konrad von Marburg selbst giebt es keine größere Schriften. Eine Handschrift, welche Peter Lambeck (comm. de bibl. Vindobon. II, 8. p. 773 Nr. 30) als »fratris Couradi, professoris sacrae theologiae, tractatus alphabeticus de gemmis et lapidibus pretiosis« anzeigt, ist sicher nicht, wie Dubin (comm. de script. eccl. T. 3 p. 129) meint, von Konrad, welcher sonst niemals professor theologiae, selten frater und immer oder fast immer de Marburg und Magister genannt wird. Nach Dubins Angabe a. a. O. soll Konrad auch für den Verfasser von »sermones de tempore et de sanctis« gelten, welche Joach. Fellers Catalogus codicum Mss. bibliothecae Paulinae Lipsiens. (1686) S. 169 als dort vorhanden anzeigt; aber durch »Conradus e Saxonia«, wie es dort heißt, wird dies durchaus nicht ausgedrückt. Die elf Sinnsprüche, welche Konrad nach Nic. Rebhan's († 1624) handschriftlicher hist. eccl. Isenacensis (aus dieser sind sie in Joh. Mich. Koch's hist. Erzählung von der Wartburg, L. 1710, S. 64—66 mitgetheilt, u. aus dieser unten S. 48) der h. Elisabeth als Lebensregeln gegeben haben soll, würden, auch wenn sie nach einem so späten Zeugniß für ächt gelten könnten, kaum für eine Schrift zu rechnen sein. Besser und sicher beglaubigt ist was Konrad über die heilige Elisabeth an den Papst Gregor IX berichtet hat. Im Jahre 1653 wurde durch Leo Allatius oder eigentlich durch Barthold Neuhaus in die von diesem zu Cöln herausgegebenen symmicta des ersteren S. 269—93 zuerst eine »epistola examinatorum miraculorum« zu welchen Konrad auch gehörte, »ad Papam« und dann eine besondere »epistola Mag. Conradi de Marburg de vita B. Elizabeth« aufgenommen, von welcher Neuhaus in der Dedication seiner Ausgabe versichert, daß er sie in einer alten Pergamenthandschrift von Bernhard Rottendorf erhalten habe, und welche schon 1289 von Dietrich von Apolda (Canisii thesaur. 4, 116) benutzt zu sein scheint; ein Abdruck aus Leo Allatius bei Kuchenbecker anal. Hass. IX S. 107—47. Es giebt aber auch noch einen zweiten und wahrscheinlich früheren Bericht ähnlichen Inhalts, welcher ebenfalls in Konrads und einiger andern Namen an den Papst erstattet wurde, und welcher unten in der Anm. 35 aus der Casseler Handschrift mitgetheilt werden soll. Noch manche andere Berichte Konrads an den Papst, z. B. über die Stedinger, müßen existirt haben, sind aber noch nicht wieder aufgefunden. Aber mehrere Briefe Gregors IX an Konrad oder über ihn und seine Wirksamkeit sind von Raynaldi (Ann. eccl. T. 13 zu 1232 §. 9 und zu 1233 §. 42. 48), Mansi (collect. concil. T. 23 p. 323 ff.), Kuchenbecker (analecta Hass. 3, 71 ff.), Retter (hessische Nachrichten, Bd. 2 1739 S. 41 ff.), Würdtwein (nova subsidia dipl. T. 6 1785 p. 25 ff., wo Nr. 9-11 vor 6—8 gehören, weil die Regierungsjahre Gregors mit dem 21. März anfangen) und meistentheils genauer und vollständiger in Ripoll's bullarium ordinis praedicatorum T. I p. 20—78 mitgetheilt, oder von Böhmer (Regesten 1198—1254 S. 338 ff.) und von Höfler (Münch. Gel. Anzeigen 1845 Nr. 200) beschrieben und nachgewiesen. Sonst sind die ältesten Nachrichten über Konrad von Marburg dieselbigen, welche auch über die heilige Elisabeth die frühesten sind. Unter diesen giebt der libellus de dictis IV ancillarum (Menken scriptt. rer. Germ. T. 2 p. 2007—34) diese Aussagen der vier Frauen schon verarbeitet in einer Denkschrift zur Rechtfertigung der Kanonisation, und liegt a. a. O. nicht mehr vollständig vor; Isentruds Zeugniß über Konrad wiegt darin wohl besonders schwer, da sie, welche er zuletzt mit großer Härte von Elisabeth trennte, insofern Ursache genug hatte über ihn zu klagen.

Daran schließen sich dann die weiteren thüringischen Quellen, nicht nur Dietrich von Apolda, nach seiner eigenen Angabe (Canisius S. 117) Dominikaner, nicht wie Justi S. XXXI ff. ausführt Cistercienser, welcher erst 1289 geschrieben und schon die Berichte Konrads und der ancillae meist wörtlich aufgenommen, aber schon rhetorisch erweitert hat (Ausgabe in Canisius thesaurus mon. T. 4 p. 113—54, Ergänzungen dazu aus einer Wiener Handschrift in Lambecks comm. de bibl. Vindob. II p. 879 ff. und bei Mencken a. a. O. S. 1987—2006), sondern auch die erst von Rückert (das Leben des heiligen Ludwig nach der lat. Urschrift übersetzt von Fr. Köditz von Salfeld, L. 1851), von Wegele (Annales Reinhardsbrunnenses, Jena 1854) und von R. von Liliencron (dürinische Chronik von Joh. Rothe, Jena 1859) genauer bearbeiteten und kritisirten thüringischen Chronisten, darin über Konrad die Nachrichten des Kaplans des Landgrafen Ludwig, Bertholdt, »de cuius manu haec omnia notata sunt atque conscripta«, Wegele Ann. Reinh. S. 202; s. auch Wattenbach Deutschlands Geschichtsquellen 1858 S. 388—89. Ueber die sonstigen Bearbeitungen der Geschichte der heiligen Elisabeth s. Justi (St. Elisabeth S. XVIII ff.), Montalembert (hist. de St. Elis., 8. Aufl. Paris 1859 S. 159—76) und G. Simon (Ludwig IV und Elisabeth S. VIII ff.). Ueber Konrad allein sind außer andern gelegentlichen Erwähnungen wie in der Ursperger Chronik (Ausgabe zu Straßburg 1609 S. 224) noch vor andern anzuführen Albericus von Drübeck (Leibnitz' accessiones hist., S. 543 ff., wo auch der Bericht des Erzbischofs Siegfried über Konrad), die Gesta Trevirorum (Ausg. von Wattenbach und Müller 1836 S. 517—22), das Chron. Erphordiense (in Schannat's vindemiae lit. I, p. 92 ff., jetzt auch in Böhmers fontes rerum Germ. Th. 2. 1845 S. 389 ff. und bei Pertz mon. Th. 16 S. 27 ff.) und die wormser Annalen, zuerst bei Böhmer a. a. O. S. 177 ff.; später Trithemius chron. Hirsaug. zu den Jahren 1214, 1215, 1232 und 1233, in der längeren Ausgabe von 1690 S. 523. 525. 547. 557. 558; die Nachrichten in den Zusätzen zu Lambert bei Pistorius script. rer. Germ. T. I p. 331, im Chron. Sampetrinum bei Mencken a. a. O. Th. 3 S. 254 ff. sind schon aus dem Chron. Erphordiense geschöpft, Böhmer fontes 2, S. XL und Regesten des Kaiserreichs 1198—1254, S. LXXI. Neuere Beiträge zur Bearbeitung der Geschichte Konrads von Marburg sind gegeben von J. Ge. Estor in Kuchenbeckers anal. Hass. Th. 1 S. 154—73 und Th. 3 S. 72—88, von Chr. Fr. Ayrmann in einem Programm sicilimenta ad historiam Mag. Conradi Marp., Gießen 1733 in 4. und von

K. F. Justi in Pölitz Jahrbüchern der Geschichte und Staatskunst Bd. 1 (1829) S. 555 –88. Zwei größere Schriften über Konrad von Marburg sind nicht bis zum Abschluß gekommen, verdienen aber, da ihre Vorarbeiten noch jetzt benutzt werden können, etwas näher beschrieben zu werden; beide finden sich im Manuscript auf der K. Landesbibliothek zu Cassel.

Die eine Handschrift ist von Joh. Wilhelm Waldschmidt, welcher im J. 1682 geboren seit 1708 Professor der Rechte und der Moral zu Marburg, auch seit 1721 Vicekanzler daselbst war und im Jahr 1741 starb. Schon im Jahr 1721 berichtet die Zeitschrift Altes und Neues von theologischen Sachen S. 1021, daß Waldschmidt eine Schrift über Konrad von Marburg ediren wolle; schon damals also werden die Vorarbeiten dafür angefangen sein, welche aber nicht bis zur Vollendung des Werks geführt haben. Die Handschrift (No. 112) hat zwar den Titel: „Jo. W. Waldschmiedt commentatio succincta de vita et fatis M. Conradi de Marburg, monachi Dominicani, D. Elisabethae confessionarii ac dehinc legati pontificii et inquisitoris haereticorum, probationibus suis munita, ad historiam ecclesiasticam seculi XIII. nonnullaque iuris canonici capita illustranda pertinens". Sie enthält auch bereits ausgearbeitete Abschnitte eines lateinischen Textes, welche auch die beabsichtigte Anordnung erkennen lassen, z. B. cap. 1: de statu ecclesiae Chr. ineunte et increscente saec. XIII.; cap. 2: Conradi natales, vitam privatam, ordinem monasticum exhibens; (daß Konrad ein Dominikaner gewesen sei, wird mehr vorausgesetzt, vielleicht nach Trithemius, als bewiesen, aber doch Fol. 43. das Bedenken erhoben, daß es damals in Marburg noch gar keine Dominikaner gegeben habe, da ein Chronicon MS Hess. Alsfeldense bemerke: „1291 seynd die Predigermünche durch Landgraf Henrich nach Marburg bracht, und ihnen die Stätte eingegeben, dahin sie nachmals gebauet", und ein Chronicon Frankenbergense, „1310 hätten die Prediger und Barfüßer ein Termin und Wohnung erlangt"); cap. 3: de munere confessionarii apud D. Elisabetham Conrado delato, quidque ad canonizationem et cultum illius contulerit; cap. 4: de munere legati pontificii et inquisitoris haereticorum, M. Conrado delato, ubi, adversus quos et quo modo illud exercuerit; sogar in mehrfacher Ausarbeitung liegt der Text wenigstens von den Anfängen mehrerer dieser Capitel vor. Aber fragmentarisch ist doch alles geblieben, und der größte Theil des Manuscripts ist mit noch unverarbeiteten Excerpten ausgefüllt, welche alle oder fast alle aus gedruckten

Büchern, aus Martene, Cave, Tentzel, Schannat u. a. und das meiste aus Raynaldi annales eccl. Th. 13 genommen sind.

Viel umfangreicher und werthvoller und dabei fast bis zur Druckfertigkeit vollendet ist die zweite Handschrift. Sie ist das Werk von Joh. Hermann Schmincke, welcher 1684 zu Cassel geboren dort von 1722 bis an seinen Tod im Jahr 1743 Bibliothekar war; vorher 1712—22 war er Professor der Geschichte in Marburg gewesen und hieß seit 1717 hessischer Historiographus, wie er auch in Cassel Professor honorarius in der philosophischen Facultät zu Marburg blieb. In den Jahren 1737—39 correspondirte er mit mehreren Gelehrten, mit Mosheim in Helmstädt, mit Heumann, Crusius und Köhler in Göttingen, J. Harenberg in Gandersheim u. a., deren Briefe der Handschrift beiliegen, über den Gegenstand derselben und über literarische Hülfsmittel dafür, und so muß die Arbeit denn zwischen 1740 und 1743 vollendet sein. Nachher hat dann sein Sohn und Nachfolger, Friedrich Christoph Schmincke, geb. 1724 gest. 1795, Anstalt gemacht, auch diesen Theil des handschriftlichen Nachlasses seines Vaters zum Druck vorzubereiten; aber nach jener Saumseligkeit, welche Strieder (hess. Gel. Gesch. Th. 13, 139—47) ziemlich schwarz geschildert hat, kam er damit nicht über einige Titelblätter und Vorreden in dem von Strieder S. 149 charakterisirten Style hinaus, welche seinen und seines Vaters Namen bei der Herausgabe verbinden sollten; auch eine Abschrift hat er von dem Manuscript des Vaters anfertigen laßen und selbst corrigirt. Diese umfangreiche Arbeit ist in 7 Capitel abgetheilt, nach einer Einleitung „von den größten Feinden der christlichen Religion den Atheisten und Abergläubigen", 1) von M. Conrads Vaterland, Geschlecht und Stand, 2) von dessen Kreuzpredigten und Ketzerverfolgungen, 3) von dessen Amt eines Beichtvaters bei der Frau Landgräfinn Elisabeth, 4) von dessen Tod, 5) von den Glaubenslehren, welche den so hart verfolgten Ketzern angedichtet worden, 6) von der wahren Lehre, Leben und Wandel der Waldenser, 7) von den zu Straßburg entdeckten und durch Konrad zum Feuer verdammten Waldensern. Der Verfasser hat sich nun besonders die Untersuchung der Ketzereien zur Aufgabe gestellt, gegen welche die Inquisition Konrads von Marburg und die des 13. Jahrhunderts überhaupt gerichtet gewesen sei, und dieser Gegenstand ist seitdem durch Schriften wie C. Schmidt's histoire et doctrine de la secte des Cathares ou Albigeois (Paris 1848-49, 2 Bde.), Hahns Geschichte der Ketzer im Mittelalter (Stuttgart 1845 ff.), Dieckhoff und Herzog über die Waldenser (Gött. 1851 und Halle 1853) u. a. mit mehr Unbefangenheit und Kritik wie auch mit einigen Hülfsmitteln mehr, als welche Joh. Herm. Schmincke zu Gebote standen, bearbeitet worden, so daß seine Arbeit in dieser Hinsicht, besonders in der Manier des Schwarzsehens und Verdächtigens von allem was mit Rom zusammenhängt, am meisten für veraltet gelten kann. Auch unter den Urkunden, welche bestimmt waren der Schrift als Beilagen beigefügt zu werden, haben mehrere an Interesse verloren, da sie inzwischen gedruckt sind, wie zwei Abschriften der waldensischen Nobla Leyçon aus dem Manuscript auf der Genfer Bibliothek, welche seitdem in Raynouards choix des poesies des Troubadours Th. 2 S. 73 ff., bei Hahn Th. 2 S. 628 ff. und bei Herzog S. 447 ff. gedruckt ist; beide sind mit einer neufranzösischen Uebersetzung und mit Anmerkungen begleitet; ebenso mehrere päpstliche Briefe, welche bei Ripoll, Retter, Würdtwein a. a. O. bereits gedruckt sind; ein längerer Bericht über Waldenser in Straßburg, welcher das letzte Capitel fast ganz ausfüllt, ist jetzt auch schon von Röhrich in Straßburg beschrieben und benutzt. Einzelnes andere dagegen scheint doch bis jetzt noch nicht bekannt und benutzt zu sein. Dahin gehört ein »tractatus contra sectam Waldensium Mag. Jo. Tinctoris«, dessen Abschrift »ex MS chartaceo bibl. Cassellanae Saec. XIV« bezeichnet ist, aber, wie ihr Original, jünger sein muß, da am Schluß angegeben wird, daß der Verfasser, welcher auch sonst als Scholastiker, als Professor zu Cöln und Canonicus zu Tournay bekannt ist und auch hier so bezeichnet wird, im Jahre 1469 gestorben sei; der Aufsatz von 37 Seiten in 4. eifert gegen die Gottlosigkeit der Waldenser, welche z. B. aus Hostien, Kröten und Blut geschlachteter Kinder Mittel bereiten, um durch die Luft fliegen oder Getreide und Wetter verderben zu können. Noch beachtenswerther scheint ein von den bisher schon bekannten abweichender Bericht Konrads und mehrerer anderer an den Papst Gregor IX über die Wunder der heiligen Elisabeth, welcher, besonders wenn er älter wäre als der längst bekannte, für die Geschichte der Heiligsprechung der Elisabeth eine nicht unerhebliche Lücke ausfüllte, und darum unten in der Anm. 35 mitgetheilt ist. Dagegen ist anderes noch nicht benutzt, theils damals schon Bekanntes, wie die Briefe Gregors an Konrad von Marburg in Ripolls bullarium ord. praedicatorum, theils damals noch Unbekanntes, wie was erst durch Böhmers fontes an den Tag gekommen ist.

2.

Fr. Hurters Leben Innocenz III Th. 2 S. 633. Wenn hier die Thronrede des Papstes überall richtig übersetzt wäre, so könnte man mit S. 638 beweisen, daß der Papst in dem feierlichsten Momente, welcher in der ganzen Geschichte der katholischen Kirche vorgekommen ist, nur sechs Sacramente lehre; aber es heißt im Text (Mansi 22, 971) nicht propter numerum sacramentorum, sondern propter numeri sacramentum, d. h. wegen der Heiligkeit der Zahl sechs, und so ist die Uebersetzung hier unrichtig, was ihrem Verfasser jetzt selbst lieber sein wird. — Es war ominös, daß dasselbe Jahr 1215, wo sich in der Lateransynode diese höchste Stufe verwirklichter päpstlicher Monarchie darstellte, auch zugleich das Jahr der englischen Magna Charta war, mit welcher eine neue Zukunft sich ankündigte.

3.

Ueber den Namen Marburg und die verschiedenen Ableitungen desselben s. Winkelmann Beschreibung von Hessen (1697, fol.) S. 215—16; man denkt an Marken, Maria, Mars, Maier, Mattium, Markomir, Mähre, Marter. Die thüringischen Chronisten schreiben alle Martburg: Joh. Rothe, Ausg. v. Liliencron S. 365. 380 ff. 389 und bei Mencken 2, 1715; Annales Reinhardsbrunn., Ausg. v. Wegele S. 191; Dietrich von Apolda, bei Canisius Th. 4 S. 116. 117. 139; die deutsche Reimchronik bei Mencken 2, 2083; ebenso die Annales Argentinenses in Böhmers fontes T. 3 p. 108. und die Annales Neresheimenses, Pertz Mon. Th. 12 S. 23. Die Annales Elwangenses bei Pertz Th. 12 S. 20 schreiben Marterburc. Konrad selbst im Briefe an den Papst schreibt Marburch, Leo Allat. Symmikta S. 271. 274. Ebenso heißt es in den dictis IV ancillarum (Mencken 2, 2007. 2033) und in den Urkunden bei Retter a. a. O. S. 43 ff.: Marpurch. Chron. Erphord. in Böhmers fontes 2, 289: Marburc; Annales Wormat. daselbst S. 177 und Gottfried von Cöln ebendaselbst S. 365: Marburg. Das Chron. Senonense IV, 31. bei D'Achery spicil. T. 2 p. 641: castrum Marporch. Die Gerstenbergersche Chronik schreibt Margburg, Schmincke mon. Hass. Th. 2 S. 338 382 ff. und im Ulenspiegel, Ausg. v. Lappenberg (1854) S. 35 steht Martburg, welches der Herausgeber S. 245 wohl nicht hätte für durchaus ungewöhnlich und darum für einen Schreibfehler erklären sollen. Annales St. Rudberti bei Pertz Th. XI S. 785 haben Marhpurch. In Diplomen, von welchen Winkelmann S. 216 spricht, soll auch Maerburg stehen.

4.

Die Gerstenbergersche Chronik bemerkt zum Jahre 1227: „do wart Margburg als eine Filia abgescheiden und separirt von der

Pastorve und Mutterkirchen zu Ober Wymar". Schmincke mon. Hass. Th. 2 S. 338. S. auch Winkelmann S. 421. J. Balth. Happel Predigten zum Gedächtniß der heiligen Elisabeth (Marburg 1645 in 4.) S. 35. Zahlreiche Nachweisungen von Namen und Unterschriften mit dem Zusatz de Marburg giebt die Schminckesche Handschrift Fol. 58—60; als ältestes Beispiel: „im Jahre 1171 wird in einer Urkunde Erzbischof Christians von Mainz, welche er der Kirche zu Aschaffenburg ertheilt, eines Hermanni de Marburg unter den Zeugen gedacht". Weiter heißt es: „1202 in einem Kloster Altenburgischen Briefe nehme einen Engelbert und dessen Sohn Heinrich von Marburg wahr; 1216 in einem Kloster Hainaischen Briefe von Landgraf Hermann geschieht eines Werneri de Marburg Erwähnung", vielleicht derselbe, meint Schmincke, mit dem Kaplan Hermanns, welcher nach Bertholds Angabe dessen Sohn Ludwig auf dem Kreuzzuge begleitet habe; aber nach Wegele's Ausgabe der Annales Reinhardsbrunnenses, in welche Bertholds vita übergegangen ist, findet sich hier S. 204 neben der Lesart „Werner v. Marpurg" auch diese: „Wernerus sacerdos et capellanus de Wartpurg". In Joannis rer. Mogunt. T. 2 p. 544, wo Vasallen der Stephanskirche zu Mainz aufgezählt werden, wird aus Urkunden derselben angeführt: „Item Gundramus et Lodevvicus milites et fratres de Marpurg habuerunt in feodum decimam in Monchehusen et in Wolmar proprie zum Manlehen, prout in literis desuper confectis et datis 1225; praedictum feodum iam possident Schenckones de Svvynsberg". Aus dem Jahre 1244 liegt in Schminckes Manuscript die Abschrift einer von „Andreas miles de Marburg" ausgestellten Urkunde. Andere Beispiele in Kuchenbeckers Anal. Hass. 1, 248. 8, 277. 11, 174—76, Gudenus' codex dipl. 2, 54. 3, 1105. Joannis l. c. 1, 616 u. a. Die am Hospital der heiligen Elisabeth angestellten und neben Konrad dort thätigen Franciskaner werden Hermannus et Albertus de Marpurch genannt in der Urkunde bei Retter hess. Nachrichten Th. 2 S. 44. Dietrich von Apolda aber nennt Konrad „de oppido Marburg", VIII, 1. bei Canisius 4, 146.

Für den oben S. 4. erwähnten Gebrauch von Magister haereticorum sind die Stellen bei Du Cange glossar. s. v. Magister (ed. Heuschel T. 4 p. 177) anzuführen, doch laßen sie freilich wohl noch Ungewißheit übrig.

5.

Drei Meinungen haben hier Vertheidiger gefunden: 1) daß Konrad Dominikaner, 2) daß er Weltgeistlicher, und 3) daß er Franciskaner gewesen sei.

Die erste ist zuerst von Trithemius im Chronicon Hirsaugiense (Ausg. von 1690 S. 523. 525. 547) vorgebracht, bald nachher auch von dem Mönch zu Pirna, welcher für einen Dominikaner gilt, und um 1530 schrieb (Mencken 2, S. 1464: „Doctor Konrad, Prediger Ordens"), und sie ist nachher von Estor (Kuchenbecker (analecta Hasslaca Th. 1 S. 155 ff.) vertheidigt. Aber es ist eigentlich nichts dafür zu sagen, als daß Konrad sich selbst in dem Berichte an den Papst und bei amtlichen Handlungen (s. Netter hessische Nachrichten Th. 2 S. 45) praedicator verbi Dei nennt und in den Ueberschriften der Briefe Gregors IX von diesem ebenso genannt wird, einmal auch frater Conradus praedicator schlechthin, Ripoll Th. 1 S. 40, Würdtwein subsid. dipl. Th. 6 S. 24. Doch selbst praedicator ohne Zusatz wird um diese Zeit auch noch für andere als für Dominikaner gebraucht z. B. für Franciskaner, s. die Stellen bei Gieseler Kirchengeschichte Bd. 2 Th. 2 S. 325 (4. Ausg.), und noch allgemeiner klingt praedicator mit dem Zusatz verbi Dei und dem weiteren Titel, welchen er selbst noch beifügt: et monasteriorum in Alemannia visitator (Netter a. a. O.). Aber niemand im 13. Jahrhundert, wie dies schon von den Dominikanern Echard und Quetif (scriptores ordinis praedicatorum 1719 T. 1 p. 487) bemerkt ist, nennt Konrad einen Dominikaner, auch nicht der Dominikaner Dietrich von Apolda, der Biograph der heiligen Elisabeth. Andere Dominikaner haben freilich Anstalt gemacht ihn für ihren Orden zu vindiciren: in Thomas Ripoll's bullarium ordinis praedicatorum (Rom 1729—40) wird vorausgesetzt daß er dazu gehöre, und dafür in dem ersten 1729 erschienenen Bande auf eine eigene Dissertation vindiciae fratris Conradi de Marburg wiederholt verwiesen (Th. 1 S. 20. 40. 42. 52), welche tomo ultimo gegeben sei; diese findet sich aber in dem 1740 erschienenen Bd. 8 nicht, welcher doch der letzte geblieben zu sein scheint, und auch in seinem sehr ausführlichen Index über das ganze Werk bei Konrad (Th. 8 S. 610) eine solche darin enthaltene Dissertation nicht nachweist, und so könnten zwischen 1729 und 1740 auch diese Dominikaner zu der Ueberzeugung gelangt sein, daß Konrad nicht als zu ihrem Orden gehörig zu erweisen sei, und darum die angekündigten Vindiciae nachzuliefern unterlassen haben.

Die zweite Meinung, daß Konrad Weltgeistlicher gewesen sei, ist gegen Estor vertheidigt in der Schrift von Ayrmann (oben S. 35), außerdem in Wabbings Ann. Min. T. 2 p. 151. 355, in Gudenus codex dipl. Th. 1 S. 594, in der Schminckeschen Handschrift und nach dieser von Rommel (Gesch). v. Hessen Th. 1

Anm. S. 241); auch von Höfler (Wetzer und Welte's Kirchen=lexikon Th. 2 S. 805), welcher aber Rommel unrichtig die erste Meinung beilegt und nun erst diesen, der ihm beistimmt, bestreiten kann, während Wagenmann (in Herzogs theol. Realencykl. Th. 8 S. 25) zuerst Höflers unrichtige Angaben von Estors und Rommels Meinung nachschreibt, und den letztern dann gegen Höfler wegen der Ansicht in Schutz nimmt, welche Rommel gar nicht gehabt sondern welche Höfler ihm nur durch ein Versehen beigelegt hat. Der Hauptgrund für diese zweite Meinung ist der, daß Konrad nicht frater sondern Magister genannt werde. Dies ist jedoch zur einen Hälfte wieder nicht richtig, denn ziemlich viele Fälle kommen doch heraus, wo er frater genannt wird: Annales Wormat. in Böhmers fontes Th. 2 S. 177; Gottfried von Cöln, daselbst S. 365; Annales Argentin., daselbst Th. 3 S. 108; der Papst Gregor IX nennt ihn auch einmal so, Ripoll Th. 1 S. 40, Würdtwein Th. 6 S. 24; dort wo er als Franciskaner bezeichnet wird, Chron. Senon. 4, 31 in Dachery's Spicil Th. 2 S. 641 und bei Walther in Meibom scriptt. rer. Germ. Th. 2 S. 58 heißt er auch frater, und im Briefe an den Papst (Leon. Allatii symmikta p. 270) redet er selbst von einem frater noster primarius, mit welchem er also in irgend einer Gemeinschaft zu stehen scheint. Magister und Meister (letzteres z. B. bei Joh. Rothe herausg. v. Liliencron S. 389) wird er freilich noch öfter und fast immer genannt, und dieser Name, über welchen oben S. 8, ist freilich sicher bei Weltgeistlichen gewöhnlicher als bei Ordensgeistlichen, entscheidet aber doch nicht gegen jedes nähere Verhältniß zu den letzteren. Ein anderer Grund Ayrmanns (a. a. O. S. 20) ist der, daß Papst Honorius III im Jahre 1220 dem deutschen Orden erlaubt habe, honestos clericos anzustellen, dummodo nulli professioni vel ordini obnoxii teneantur, und daß Konrad doch dem Orden gedient habe. Aber diese Dienste sind durchaus keine Abhängigkeit, sondern geschehen von ihm mehr in der höheren Stellung eines Vermittlers mit außerordentlichen päpstlichen Vollmachten und subsumiren sich fast seinem Auftrage Visitator deutscher Monasterien zu sein. Stärker ist noch ein anderer Grund. Die ältesten thüringischen Quellen rühmen Konrad deßhalb, daß er »divitias et possessiones temporales et ecclesiastica beneficia habere noluit, simplici et humili modesto clericali habitu contentus«, Ann. Reinhardsbrunn. ed. Wegele p. 191, ähnlich Bertholb (herausg. v. H. Rückert S. 46—46) und Dietrich von Apolda 3, 9 (Canisius Th. 4 S. 132), und hier sagt man, dies habe einem Bettelmönch nicht nachgerühmt werden können, da sich bei einem solchen dies alles von selbst verstanden habe. Wirklich setzen diese Worte eine freiere Stellung als die eines gewöhnlichen Bettelmönchs voraus.

Die dritte Meinung, daß er Franciskaner gewesen sei, hat aber doch noch etwas mehr für sich, als die, daß er Dominikaner gewesen sei. Ihr steht nicht entgegen was man von den Dominikanern weiß, daß sie erst 1291 nach Marburg kamen; vielmehr ist es Konrad, welcher die heilige Elisabeth schon in Eisenach in nähere Verbindung mit dem Orden bringt und sie nachher in Marburg bei Begründung ihrer dem heiligen Franciscus gewidmeten Kapelle und bei Uebertragung derselben und des damit verbundenen Hospitals an die Franziskaner leitet; die beiden »Magistri« dieses »Hospitalis S. Francisci« heißen im Jahre 1232 Hermannus und Albertus de Marpurch (Retter Bd. 2 S. 44), und könnten möglicherweise Verwandte Konrads gewesen sein; der »frater noster primarius« dessen er gegen Gregor IX gedenkt, und durch welchen er dessen Aufträge erhalten hat, wird demnach auch ein Franciskaner gewesen sein. Weniger schwer wiegen immerhin die Zeugnisse, welche Konrad selbst ausdrücklich Franciskaner nennen (s. vorher S. 42); eher könnte man noch in den erst von Böhmer wieder herausgegebenen Ann. Wormat. (fontes T. 2 p. 177) bei Erwähnung seines Todes in den Worten »frater Conradus de Marburg et frater Gerhardus Lützelkolbo de ordine minorum suus socius« das letzte Wort auf Ordensgemeinschaft beziehen, aber man kann dasselbe auch nur als Reisebegleiter und Unglücksgefährte verstehen; dieselbe Ungewißheit bleibt bei den Worten der Ann. St. Rudberti Salisburg. (Pertz Mon. Bd. XI S. 785): »Mag. Chunradus de Marhpurch cum alio fratre de ordine minorum occiditur«. Ein Bild zu St. Elisabeth scheint Konrad in dem Kleide nicht der Dominikaner sondern eher der Franciskaner darzustellen.

Wenn man demnach die stärksten Gründe, welche für die zweite und dritte Meinung sprechen, zusammen nimmt, so wird wohl das im Text ausgedruckte Ergebniß das wahrscheinlichste sein. Später gab es sicher den Unterschied weltlicher und geistlicher Tertiarier bei den Franciskanern; daß aber auch von Anfang an Weltgeistliche, ohne ihre sonstigen Verhältnisse und Verpflichtungen zu verlassen, in diesen freiern Verein der fratres de poenitentia aufgenommen werden konnten, eben so gut wie z. B. verheirathete Frauen wenn ihre Männer nichts dagegen hatten, dies ist theils durch die für sie gegebene Regel (bei Holste=Brockie codex regularum T. 3 p 39 ff.) nicht ausgeschlossen, theils scheint es in den Worten Bonaventuras (legenda S. Francisci cap. 4, opp. T. 7 p. 270 ed. Lugd. 1668) zu liegen: hic status clericos et laïcos virgines et coniugatos admittens etc. Nun mag es immer noch ein seltener Fall gewesen sein, daß ein päpstlicher Bevollmächtigter, Inquisitor und Klostervisitator sich herbeiließ sich den Verpflichtungen der fratres de poenitentia selbst mitzuunterwerfen, ihr Kleid zu tragen u. s. w.; aber die Worte der thüringischen Chronisten von dem humilis et modestus habitus clericalis klingen nun auch gerade so, als rechneten sie ihm dies als besondere Demuth an, daß er trotz seiner höhern Stellung selbst den §. 3 der Regel der fratrum de poenitentia (»de humili panno in pretio et colore non prorsus albo vel nigro communiter vestiantur«, Holste-Brockie a. a. O.) mitbefolgt habe.

6.

In Ermangelung der Ausgaben der Briefe Innocenz' III von Baluze und Brequigny kann hier nur auf die Nachweisungen in Vaissette's hist. de Languedoc ed. Du Mège Th. 5 (Toulouse 1842) S. 76 ff., Schröckh Kirchengesch. Th. 29 S. 575 ff., Hurter Innocenz III Th. 2 S. 275 nnd C. Schmidt hist. des Cathares (Paris 1848) Bd. 2 S. 201 verwiesen werden; die letzte Schrift giebt in ihrem ganzen dritten Theile (Bd. 2 S. 175—251) eine treffliche Zusammenstellung aller »mesures prises pour l'extirpation de l'hérésie« im 13. Jahrhundert.

7.

Die erste Zahl giebt der Haupturheber des Blutbades, der Abt Arnold von Citeaux in seinem Berichte an den Papst selbst an, die beiden andern sind auch von Zeitgenossen, s. Vaissette a. a. O. S. 122.

8.

Chron. Ursperg. zum Jahre 1217 (S. 244 der Ausg. Straßburg 1609): »Jam tepescere coeperunt praedicatores itineris Hierosolymitani propter mortem Innocentii papae. Sane episcopus Halberstadensis et Magister C. de Marburc in inferioribus partibus et Mag. Salomon in superioribus adhuc insistebant huic negotio«.

Für Halberstadensis pflegt man Hildeshemensis zu conjiciren, und wirklich ist es nicht wahrscheinlich, daß ersteres richtig sei, denn Friedrich, Graf von Kirchberg, welcher 1209 bis 1236 Bischof von Halberstadt war (Sam. Lentzens diplom. Historie von Halberstadt, 1749, S. 138—144) und dessen Wahl gegen mehrere päpstliche Mitbewerber durchgesetzt war, schloß sich an Otto IV und nachher an Friedrich an, war längere Zeit unter dem Bann des Papstes und wird niemals Kreuzprediger gewesen sein. Dies war allerdings Konrad II von Hildesheim, doch wurde dieser erst 1221 Bischof. S. unten Anm. 13.

9.

Chron. Sampetrin. Erfurtense ad ann. 1214 sagt, damals habe Gott einem trefflichen Manne eingegeben, daß das heilige Land in den nächsten fünf Jahren von den Sarracenen »cum suis captivis foret liberanda. Exinde Papa Innocentius missis per universam ecclesiam literis constituit praedicari, Mag. Conrado de Marburch in hoc negotio Theutoniam committendo«. Mencken script. rer. Germ. T. 3 p. 242, jetzt auch in Pertz Monum. Bd. 16.

10.

In dem kürzeren Texte des Trithemius heißt es nur: »Eodem anno (1214) coepit in Alemannia praedicare frater Conradus de Marpurg ordinis praedicatorum auctoritate apostolica, et per annos ferme 19 continuavit, multos comburi haereticos fecit, nullo prohibente, tandem, sicut dicemus, et ipse fuit occisus«. Nachher in der erweiterten Ausgabe vom Jahre 1690 S. 523: »Eodem anno frater Conradus de Marpurg ordinis fratrum praedicatorum St. Dominici missus a papa Innocentio praedicare et haereticos inquirere ex Albigensium faecibus pullulantes apud Teutones primum coepit et per annos ferme viginti continuavit« etc.

11.

Für das Jahr 1212 oder eins der nächstfolgenden ist eine große Verfolgung von Waldensern in Straßburg, welche mit Auffindung von 500 derselben anfing und mit Hinrichtung von gegen hundert derselben auf einmal endigte, sicher bezeugt; ein handschriftlicher Bericht aus dem Kloster Arbogast unter David Specklins Collectaneen, welchen auch Joh. Herm. Schminke von Jakob Wenker in Straßburg erhielt, ist seitdem von Röhrich in seiner Reformationsgeschichte des Elsaß (1830) Th. 1 S. 20, in seinen Mittheilungen aus der Kirchengeschichte des Elsaß Th. 1 S. 6. 13. 34. und in Jllgens Zeitschrift für hist. Theol. 1840 S. 121 ff. beschrieben und benutzt. Auch in dem Fragment bei Urstisius hist. Germ. T. 2 p. 89 (s. auch S. 5) wird diese Verfolgung bezeugt und »fere triennio« vor 1215 gesetzt; Trithemius gedenkt ihrer zum Jahre 1215. Ueber die Hinrichtung heißt es in der Handschrift: „man hatte eine weite tiefe Grube gemacht zum Verbrennen, die man noch heutiges Tages die Ketzergrube nennt, darin hat man sie geführet mit großer Klag, ihre Kinder und Freunde baten, sie wollten sich bekehren, aber sie bestanden steif, sangen und beteten mit großer Anrufung zu Gott, sagten sie könnten von Gott nicht weichen, gingen selbst willig ins Feuer, sie wurden mit Holz umlegt und zu Pulver verbrannt auf einmal mit großer Klag. Sollen ihrer auf die hundert gewesen sein, darunter viel Adelspersonen waren". »LXXX et amplius de utroque sexu«, heißt es in dem Fragment bei Urstisius, »et pauci quidem ex eis innocentes apparuerunt«. Aber von der Anwendung der Feuerprobe und von einer Mitwirkung Konrads von Marburg dabei wissen die ältesten Zeugen nichts, wenn für erstere nicht etwa Cäsarius von Heisterbach dialog. mir. 3, 17. anzuführen ist; erst Trithemius scheint unter den Straßburger Dominikanern auch Konrad von Marburg vorausgesetzt zu haben, und schreibt ihm die Anwendung der Feuerprobe und alles übrige zu, Ausg. v. 1690 S. 525. Mit einer späteren Straßburger Ketzerverfolgung in den Jahren 1229 oder 1231 (Urstisius 2, 90) scheint Konrad auch nur durch einen Schluß Röhrichs (bei Jlgen 1840 S. 129 und Mittheilungen aus der Gesch. der ev. Kirche des Elsasses, Paris 1855, Th. 1 S. 12 ff.) in Verbindung gebracht zu sein, was dann von Hahn (Ketzer im M.A. Th. 2, 361) wiederholt ist. Aber eine Nachricht scheint nicht dafür vorzuliegen, nicht einmal Trithemius, welcher bei dem Jahre 1230 der Verfolgung auch gedenkt, nennt hier Konrad; vielmehr scheint dieser in diesen Jahren sich nicht aus Thüringen und Hessen entfernt zu haben.

12.

Friedrichs II Gesetze vom 22. November 1220 gegen die Ketzer bei Pertz Mon. 4, 243 ff., Huillard-Bréholles historia dipl. Friderici II. T. 2 p. 3—6.

13.

Konrad von Reiseberg oder Riesemberg aus der Wetterau scheint schon für seine Thätigkeit als Kreuzprediger und Verfolger der Albigenser, gegen welche er in Frankreich gebraucht war, mit deutschen Kirchenämtern, welche ihm die Nachhülfe des Papstes verschaffte, belohnt zu sein; er war Scholaster in Mainz, dann Decan in Speier, hieß capellanus und poenitentiarius Honorius des III, und 1221 wurde er, unter Verdrängung seines Vorgängers Siegfried († erst 1227), Bischof von Hildesheim, setzte aber auch als solcher seine Thätigkeit als Entdecker und Verfolger von

Häretikern und als Beförderer der gegen sie creirten Orden eifrig fort. Leibnitz scriptt. rer. Brunsv. T. 1 p. 751. Lauenstein Hildesheim. Kirchenhistorie Th. 1 S. 91 ff. Lünkel in der Hall. Encykl. Sect. 2, Th. 8 S. 140. Ueber sein Verfahren gegen den Prämonstratenser Miunecke sind nach den Angaben der Schmindeschen Handschrift die vornehmsten Urkunden in Grubers parerga Gottingens. lib. 4 mitgetheilt. Bei dem Ausgange des Propsts aber lassen die thüringischen Chronisten auch Konrad von Marburg mit dem Bischof Konrad zusammen wirken: Chron. Sampetrin. ad ann. 1220 (bei Mencken T. 3 p. 250): »hoc anno IV. Kal. April. Henricus Nunnikinnus, praepositus novi operis Goslariensis in Illldesheim a Conrado eiusdem loci episcopo et C. praedicatore de Margburg examinatus ac saepius commonitus saeculari iudicio pro haeresi est crematus«; unbestimmter über Konrads Mitwirkung, auch ungenauer in der Zeitrechnung, weil erst unter Gregor IX, Joh. Rothe §. 427 Ausg. v. Liliencron S. 343; ohne Konrads v. Marburg Erwähnung das Chron. montis Sereni (Petersberg bei Halle) bei Mencken Th. 2 S. 265.

14.
Höfler beschreibt diese Briefe aus seinen in Rom gemachten Collectaneen in den Münchener Gel. Anzeigen 1845 No. 199 S. 566 und scheint sie hier, wie in seinem Artikel über Conrad von Marburg (kath. K. Lexikon von Wetzer und Welte Th. 2 S. 805) als an diesen gerichtet zu betrachten.

15.
Gerade für die Geschichte des Landgrafen Ludwig dienen in den oben S. 35 genannten thüringischen Quellen deren trefflichste Bestandtheile; Landgravius de Hassia nennt ihn auch schon die vita Gregorii IX. des Cardinals von Aragonien bei Muratori Th. 3 S. 580 Anm. 9. Unrichtig bemerkt Ripoll bullar. ord. praed. T. I p. 20 zu einem Briefe Gregors IX, nur »unicum fratrem fuisse Ludovico Henricum«, während das »fratres« des Papstes richtiger den Landgrafen Konrad miteinschließt.

16.
Annales Reinhardsbrunn. ed. Wegele p. 121, Joh. Rothe von Liliencron §. 422 S. 336.

17.
Ann. Reinhardsbr. p. 191 ff. daß der Kaplan Berthold hier Zeuge ist, S. 204 die Namen der Begleiter Landgraf Ludwigs

nach Palästina, unter welchen »Bertoldus sacerdos et cappellanus de cuius manu haec omnia notata sunt atque conscripta«. Die Parallelstelle im deutschen Text in G. Rückerts Ausgabe (L. 1851) S. 46—47.

18.
Leon. Allatii Symmicta p. 270.

19.
Unter den Opusculis des Petrus Damiani ist eins de laude flagellorum et (ut loquuntur) disciplinae, Ausg. der Opp. von Const. Cajetan, Paris 1642, Th. 3 S. 308 ff. Von dem Archäologen und Bibliophilen Gabr. Peignot giebt es eine eigene Schrift recherches hist. sur l'origine et l'instrument de la péultence, appelé discipline, 1841 in 8.

20.
Dicta ancillarum bei Mencken Th. 2 S. 2014. 2015.

21.
In diese Zeit müßten wohl auch, wenn sie ächt sind, die oben S. 8 und 33 bezeichneten 11 Sinnsprüche gehören, welche Konrad der heiligen Elisabeth gegeben haben soll. Es sind diese: 1) Contemtum in spontanea paupertate patienter ferto. 2) Humilitatem cordi tibi esse sinito. 3) Missum fac humanum solatium et carnis voluptates. 4) Esto misericors erga proximum. 5) Semper Deum in pectore tuo habeto et eius memento. 6) Gratias Deo agito quod morte sua te ab inferis et aeterna morte redemit. 7) Quia Deus multa pro te passus est et tu crucem patienter ferto. 8) Totum te, corpus et animam tuam Deo consecrato. 9) Ad animam saepe revocato, te manuum Dei opus esse, ac propter ea dato operam, ut in aeternum cum Deo esse possis. 10) Quicquid volueris ut proximus tibi condonet ac remittat, idem tu illi; et quicquid volueris ut faciant tibi homines et tu eis facito. 11) Semper doleto de peccatis suis, Deumque rogato, ut illa tibi remittat«.

22.
Dietrich vita St. Elis. 2, 5, bei Canisius Th. 4 S. 124.

23.
Seltsam, daß einem so bedeutenden Papste neuerlich noch keine Monographie gewidmet ist. Die älteren Biographieen bei

Muratori Th. 3, darunter die beste die oben S. 47 angeführte, geben über seine früheren Jahre wenig Auskunft. Die beste neuere Vorarbeit zu seiner Geschichte, wie gewöhnlich, in Böhmers Regesta Imperii 1198—1254 S. 331—351; einzelne dort S. 338 nicht angeführte Schreiben an Konrad, von welchen auch Höfler in den Münchener Gel. Anzeigen 1845 Nr. 200 S. 569 und 570 einiges beschreibt, stehen in Ripoll bullar. ord. praed. T. I p. 20 ff. 42. 51. 54. 63. 65, eins auch in Kuchenbeckers anal. Hass. Th. 3 S. 73. S. unten Anm. 30.

24.
Mansi concil. ampliss. collectio T. 23 p. 192—204 s. auch p. 338 Concil. Arelat. 1234. §. 6.

25.
Schon 1231 vermehren sich die Empfehlungen der Dominikaner, welche Gregor IX nach Pommern, Spanien, Neapel, Belgien erläßt, Ripoll bullar. ord. praed. T. I p. 34—37; mit einem Schreiben vom 26. Mai 1232 schickt er an den Erzbischof von Tarragona neue Statuten für das Verfahren gegen Häretiker, vielleicht die 1229 zu Toulouse publicirten, und empfiehlt dabei die Dominikaner; Ripoll S. 38 bezeichnet dies als „Einführung der Inquisition in Arragonien". Dann 1233 erhalten sie schon in Frankreich Vollmachten, durch welche sie bei Verfolgung der Häresie der inländischen Weltgeistlichkeit übergeordnet und z. B. zur Absetzung von Geistlichen, welche sich zu nachsichtig zeigen, ermächtigt werden, Ripoll S. 47. 48. In demselben Jahre empfiehlt Gregor den Bischöfen von Minden, Lübeck und Ratzeburg, die Dominikaner bei Unterdrückung der Stedinger zu Hülfe zu nehmen, Ripoll S. 54. Wird dann auch einmal wieder die Selbstverwaltung zuverlässiger Bischöfe von der Einmischung der Dominikaner befreit, wie z. B. für den Erzbischof von Sens durch ein Schreiben Gregors vom 4. Febr. 1234 (Ripoll S. 66) geschieht, so hat dies doch nicht lange Bestand (s. Ripoll S. 80) und immer zunehmend werden die Vollmachten und Befugnisse der Dominikaner vermehrt.

26.
Von Mansi concil. collectio T. 23 p. 353 wird dies Concil zu Narbonne mit seinen Beschlüssen erst in das Jahr 1235 gesetzt, aber von Sponbanus und so auch von Schmidt (hist. des Catharus T. 2 p. 186. 187) schon in das Jahr 1233. Aber daß nach den Beschlüssen eines Concils zu Arles vom Jahr 1234 bei Mansi S. 335 ff. der Bischof die Inquisitoren noch selbst anstellen soll

(Mansi S. 337 §. 5), spricht mehr für das Jahr 1235. — Ein noch schärferes Schreiben Gregors IX vom 8. November 1235 bei Mansi Th. 23 S. 74 ist auch nicht schon vom Jahre 1233, wie Gieseler KG. Bd. 2 Abth. 2 S. 593 Note 29 unter Anführung Mansis angiebt, sondern erst vom 8. Nov. 1235, denn das neunte Regierungsjahr Gregors dauert vom 21. März 1235 bis zum 21. März 1236. Erst hier ist alles noch mehr verschärft und verallgemeinert: ewiges Gefängniß auch für zurückkehrende Häretiker, Katharer, Patarener, Arme von Lyon; Infamie und Bann für ihre Gönner und Vertheidiger; niemand soll ihnen Rechtsbeistand leisten, keine Appellation soll zugelassen werden; wer sie begräbt soll sie propriis manibus wieder ausgraben und hinwerfen; kein Laie soll öffentlich oder privatim de catholica fide disputare bei Strafe der Excommunication; selbst Kinder der Häretiker oder ihrer Vertheidiger sollen bis in die zweite Generation zu keinem kirchlichen Amte oder Beneficium zugelassen werden.

27.
Mansi T. 23 p. 366.

28.
Muratori scriptt. rer. Ital. T. 3 p. 580, D.

29.
Leibnit. scr. rer. Brunsv. T. I p. 752, wo vielleicht Z. 34 für prope, propriae zu lesen ist.

30.
Eben hier werden Böhmers Regesten S. 331 ff. durch Ripolls bullarium ord. praedicatorum T. I p. 20 ff. und Kuchenbeckers analecta Hassiaca T. 3 p. 73—75 ergänzt. Zuerst ein Schreiben vom 12. Juni 1227 Solet sedes apostolica giebt die päpstliche Bestätigung für Konrads Anstellungen in Thüringen; »insinuante Landgravio Thuringiae didicimus«, sagt der Papst über dies Verhältniß. Von demselben Tage ist ein anderes auch von Höfler (Münch. Gel. Anzeigen 1845 Nr. 200) beschriebenes Schreiben Sollicitudinem tuam, worin Konrad bereits zur Heranziehung von Gehülfen aus dem Volke ermächtigt wird; vielleicht soll dies noch weniger öffentlich geschehen, wenigstens wird daran erinnert, daß die Pest der Häresie in Deutschland quanto occultius serpit, tanto gravius vineam Domini in simplicibus demolitur. Vom 20. Juni (1227?) ist dann ein bloß von Höfler beschriebenes Schreiben

Super mortem, nach welchem Konrad presbyteros et alios in sacris ordinibus constitutos, also wohl gar auch Ordensgeistliche, concubinas tenentes corrigere beauftragt wird; monasteriorum in Alemannia visitator nennt er sich selbst 2. August 1232, bei Retter heff. Nachrichten Th. 2. S. 45. Ein wichtiges ebenfalls bei Ripoll fehlendes Actenstück ist dann das Schreiben vom 11. October 1231 Cum de summo munere, welches Estor von Schannat erhalten und in Kuchenbeckers Analekten a. a. O. mitgetheilt hat: »Tu fervens fidei orthodoxae zelator haereticos profligare de finibus Alemanniae iam coepisti, et eosdem abominans ipsos ex animo non desinis impugnare; quare gloriosa de te dicuntur et nos de tuis profectibus in Domino delectamur, undeque fit quod speciali praerogativa dilectionis et gratia te in Christi visceribus amplexantes specialem nobis de tua sinceritate fiduciam vendicamus« etc.; schon hätten die Erzbischöfe von Mainz und Trier berichtet, daß in Deutschland »non solum civitates sed et castra et villae vitio haereticae pravitatis sint infectae«; »ut ad huiusmodi vulpeculas capiendas insistere liberius valeas, te a cognitionibus causarum habere volumus excusatum«; er soll aber »coadiutores, quos ad hoc videris idoneos, undecunque volueris advocare« etc.; es wird ihm auch noch gesagt, statuta sedis apostolicae, quae super his duximus promulganda per fratrem Hugonem praedicatorem verbi Dei in Teutonia destinata inspicere poteris; Teutonia scheint von Alemannia unterschieden zu sein. Aus dem Jahre 1232, vom 13. und 14. October, folgen nun die außer an Konrad auch an den Erzbischof Siegfried und den Cistercienserabt von Eberbach gerichteten Aufforderungen, über die Wunder am Grabe der Elisabeth noch etwas genauer als zuerst geschehen war zu berichten, bei Würdtwein Th. 6 S. 24 ff.; davon noch unten Anm. 35 S. 58. Weiter ein Schreiben bloß bei Ripoll S. 42 vom 12. December 1232 Hospitale in Marburg ermächtigt Konrad, die molestatores dieser Stiftung per censuram ecclesiasticam appellatione postposita compescere. Ferner das auch bloß bei Ripoll S. 52 mitgetheilte an Konrad allein gerichtete Schreiben vom 10. Juni 1233 O altitudo, welches ihm einräumt, sogar »his qui pro iniectione manuum violenta et incendiis vinculo sunt excommunicationis adstricti« Absolution zu ertheilen, wenn sie von ihm das Kreuz ad exterminium haereticorum annehmen, wenige schlimmste und dann dem Papste vorbehaltene Fälle ausgenommen (»nisi forsan eorum excessus adeo sit difficilis et enormis quod propter hoc ad sedem apostolicam merito sint mittendi«) hängt nach seinem

Datum wohl auch mit dem Schreiben vom 13. Juni 1233 Vox in Roma audita est zusammen, welches außer an Konrad von Marburg auch an den Erzbischof Siegfried und an Konrad von Hildesheim gerichtet ist, und diese zur Herbeiführung des Kreuzzuges gegen die darin beschriebenen Stedinger auffordert, aber, obwohl sonst ganz ähnlich ausgeführt, sich gerade durch Weglassung des obigen dem vertrauten Agenten allein gemachten Zugeständnisses davon unterscheidet; dies Schreiben vom 13. Juni steht unvollständig bei Mansi coll. conc. T. 23 p. 323—326, namentlich ohne den Schluß, daß alle Gläubigen zum Kreuzzuge in adiutorium aufgefordert werden und daß die Theilnehmenden denselben Ablaß und dieselben Vorrechte erhalten sollen, wie Kreuzfahrer nach Palästina; unvollständig auch bei Raynaldi zum Jahre 1233 No. 42—45 p. 406; vollständig bei Ripoll S. 52, und in nochmaliger Ausfertigung vom folgenden 14. Juni, aber mit einem weniger verheißenden Schlusse bei Ripoll S. 54. S. noch unten Anm. 65.

31.
Dicta ancillarum bei Mencken Th. 2 S. 2021. Dietrich 7, 1. bei Canisius Th. 4 S. 142.

32.
Dicta ancillarum a. a. O. S. 2022. Dietrich 6, 1. 7, 1. 4.

33.
»Tandem, schreibt Konrad an Gregor IX, dum vestra paternitas eam mihi duxisset committendam, ipsa ad summam tendens perfectionem, utrum in reclusorio vel etiam aliquo alio statu magis posset mereri me consultans«, etc. Epistola ad papam bei Leo Allatius S. 271. Nachher daselbst S. 272: »Dixit sibi necesse esse contraria contrariis curare. Ego autem videns eam velle proficere, omnem superfluam amputans et familiam tribus personis volui eam esse contentam, quodam converso qui negotia sua peregit, virgine religiosa valde despicabili, et quadam nobili vidua, surda et valde austera« etc.; dagegen wurden (dicta ancillarum S. 2033) die Frauen, welche seit ihrer Kindheit mit ihr gelebt und durchaus nicht verweltlicht vielmehr ihre ascetischen Neigungen und Sitten getheilt hatten, dennoch von ihr entfernt, weil sie ihr eine Freude waren, also ein Hinderniß der Erfüllung des Lebens bloß mit Entbehrung und Schmerz, welche das excentrische Mönchthum nicht mehr bloß als Mittel und Uebung, sondern als einzig mögliche Befreiung von

Selbstsucht und einzig mögliche Nachfolge Christi und darum selbst als besten Lebenszweck und Lebensinhalt schätzt.

34.

Nur in den Zusätzen, durch welche sich einige Handschriften des Dietrich von Apolda von anderen kürzeren unterscheiden, steht die Erzählung (Mencken Th. 2 S. 2000), welche von dorther auch die Gerstenbergersche Chronik (Schminke mon. Hass. Th. 2 S. 367) und vielleicht auch Nic. Rebhahns hist. eccl. Isenacensis (daraus J. M. Koch, Wartburg, 1710 S. 68) aufgenommen hat, daß Rudolf Schenck von Vargila sich für verpflichtet gehalten habe, der heiligen Elisabeth, um sie zu warnen, Nachricht zu geben, wie über ihre zu große Vertraulichkeit mit Konrad übel geredet werde, und daß sie ihm dann ihren von Konrads Peitschenhieben blutigen Nacken gezeigt habe, „das sei die Liebe des Priesters zu ihr, oder ihre eigene gegen Gott". Der Verdacht, wenn er schon bei Lebzeiten der Elisabeth entstand, wird sich nicht gegen sie, nur gegen Konrad gerichtet haben, welcher Geißelungen entblößter Frauen allerdings sehr oft vollzog, welcher aber auch Gegner genug hatte, denen dies zu seiner Verdächtigung willkommen sein konnte. Aber wenn die Zusätze bei Dietrich noch jünger sind, als dessen kürzerer Text, welcher selbst erst 1289 geschrieben ist, so sind sie noch mehr als alles, was sonst bei Dietrich nicht auch durch ältere Nachrichten bestätigt wird, sehr schwach beglaubigt. Chr. Schlegel (de nummis Isenacensibus, Jena 1703 S. 112) hat sich nicht gescheut, hier eine Aehnlichkeit der Elisabeth mit ihrer Mutter, eine „mit der Muttermilch transfundirte Neigung" zum Ehebruch möglich zu finden.

35.

Bisher kannte man nur einen Bericht Konrads über die heilige Elisabeth und die an ihrem Grabe geschehenen Wunder, den in Leo Allatius' Symmikta S. 269—93 und daraus in Kuchenbeckers Analekta Th. 9 S. 107 ff. abgedruckten; aber da dieser schon auf eine Nachfrage und Aufforderung des Papstes erstattet ist (f. S. 270), so kann dies nicht der erste Bericht gewesen sein, durch welchen Gregor von diesen Wundern Kunde erhalten hat. Nun findet sich unter den Beilagen des Schminckeschen Manuscripts noch die Abschrift eines andern Berichts, welcher dieser erste scheint gewesen zu sein. Schon wegen des Verhältnisses desselben zu dem bisher bekannten und zu dem was darin über die Wunder der Elisabeth berichtet wird, verdient er ganz hierher gesetzt zu werden.

»Relatio authentica miraculorum a Deo per intercessionem

B Elisabeth Landgr. patratorum. Sanctissimo patri ac domino Gregorio, sacrosanctae Romanae ecclesiae summo pontifici S. (Siffridus) miseratione divina archiepiscopus Maguntinus, et de Arnsperg et de Bilede, Cisterciensis ordinis, de Ruomerstorf, de Arenstein et de Capella, Praemonstratensis ordinis, abbates, S. Stephani de Pinguia et de Werberg, praepositi, Mag. Conradus de Marpurg et frater Angelus, de minorum fratrum ordine, praedicatores, — reverentiae filialis et obedientiae, debitae paratissimam exhibitionem, cum pedum osculo beatorum. In partibus Alemanniae, ubi fides orthodoxa vigere suevit, pullulare coeperat virulentum semen haereticae pravitatis. Sed Christus, qui temptari suos non patitur supra vires, pro haereticorum pertinacia contundenda . . . . . modo mirabili nostrae fidei veritatem . . . per miracula plurima et virtutes, quae ad suam gloriam et honorem felicis recordationis dominae Elisabeth, olim Landgraviae Turingiae, multipliciter et manifeste operantur, quorum quaedam, de quibus nobis facta est plena fides, per iuramenta tam testium quam iuratorum paternitati vestrae duximus transscribenda. Sophiae de Veltpach filius, XI annis claudus et totius corporis viribus destitutus, manibus et pedibus gradiens ad modum bestiae quadrupedis ad tumulum praedictae nobilis restitutus est sanitati; testes Crafto, Cunradus et Adolfus de Burgpach, sacerdotes. Item puella quaedam de Bichere, X annorum pedum et manuum usu carens, gibbosa insuper et linguae nimium impeditae, ab his omnibus est sanata; testis sacerdos villae eiusdem. Hedwidis, mulier maritata, et Elisabeth religiosa, item Gerardus de Borbach et Adolfus sacerdos villae eiusdem, in coena Domini quendam praesentabant contortum ita quod venter et genua concreverant et computruerat caro ventris; qui ibi restitutus est sanitati, testis Ioannes sacerdos. Item Petrissa de Wetzlaria dixit quod puer suus uno oculo coecus visum recepit; testis Mechtildis. Item de Wetzlaria Helmgotus et Mechtildis dixerunt quod ipsa mulier visum recepit uno oculo caeca. Item de Froncheim quidam mutus et rabidus omnimodam sanitatem recepit; testes Mag. Cunradus de Marburg et sacerdos villae Ludovicus. Item de Gizen Heidenricus Iuratus dixit, quod quasi toto corpore fistulosa fiat filia sua, quam vidimus ad eius invocationem sanatam. Item Rudolfus de Dillesberg dixit quod ad invocationem eius unius oculi usum recepit. Item Henricus de Cleberg dixit, quod ipsius meritis gravissimam ventris infirmitatem evasit. Item de Colonia quaedam puella contorta, gibbosa et coeca ad tumulum eius plene fuit curata, similiter et a struma; testes rectores hospitalis Cunradus de Marburg et alii multi. Item puer quidam coecus a nativitate ad tumulum eius curatus est; testes qui prius. Item quidam de Bopardia, uno oculo coecus, ad tumulum eius curatus est; testes rectores hospitalis. Item quidam de Limpurg, dorso facto quasi gibbosus ad tumulum eius erectus est et curatus; testes rectores hospitalis. Item quidam vir de Crufdorf, cuius faciem vermes corroserant, adhibita vulneribus terra tumbae sororis Elisabeth curatus est. Item de Tuistein puer quinquennis contractus curatus est ad eius tumbam; testes provisores hospitalis. Item Isentrudis, quae pedum et manuum usu caruit quinque annis, in divisione apostolorum ad tumulum eius curata est; testes Mag. Cunradus de Marpurg et magister Theobaldus, praedicatores, Crafto sacerdos et presbyter villae, in qua haec mansit. Ditherus, Paderb. dioeces., claudus pedibus et vadens in ferula ad tumulum eius curatus est; testes Bernhardus de Holzhusen, sacerdos de Werde, Crafto et Ermenricus sacerdotes. Bertradis de Battenberg habuit filiam, cui albugo de oculis excreverat; ad tumulum eius curata est. De Butteler puella quaedam contracta per biennium et mater eius ad tumulum dictae sororis votum pro ea solvit et curata est; testes plebanus de Vacha, plebanus de Butteler, Ruggerus miles de Mannespach et Henricus de Ufbusin. Item puella quaedam de Battenvelt, VII annorum, coeca XX ebdomadibus ad tumulum eius curata est; testis Henricus clericus, Henricus pater puellae, Cunradus de Cappehe et multi alii. Item de Busecke quaedam puella ab ydropisi curata est ad invocationem eius; testes sacerdos villae eius et provisores hospitalis. Item in divisione apostolorum apud castrum Assenheim scolaris XV annorum revixit submersus; testis Henricus miles, item Henricus et Wernerus milites et Elisabeth coniugata eius. Item Sophia de Bielca VIII annis auditu per intervalla temporum privata ad invocationem eius curata est; testes prior de Altenburg et Petrissa. Item Hedewigis de Warnshusin, valetudinaria, ad sepulchrum eius curata est; testis Cunradus frater eius. Item Henricus de Willrezhusin, super cuius visum carunculae quaedam excreverant ita quod coecus erat, ad sepulcrum eius curatus est. Item Wigandus de Gruneberg, contractus, curatus est. Item Irmentrudis de Marpurg, coeca, ad tumulnm eius curata est. Item Kunegundis de Sutraha amisso usu brachii ad invocationem eius curata est. Item Bertradis de Nunkirchen, clauda, ad invocationem eius curata est. Item Berta de Nordecke, coeca per biennium, ad invocationem felicis Elisabeth visum recepit. Item Mettildis de Marpurg, mulier religiosa, surda ad tumbam eius curata est; et hoc est notum. Item Guda de Capella, rabida, similiter curata est. Item apud Werthe quaedam puella, cui carunculae aspectu horribiles de oculis excreverant, ita quod prae tumore videre non poterat, ad invocationem eius curata est; testis plebanus ibidem et tota villa, Magister Conradus de Marburg, iunior Landgravius et multi alii qui praesentialiter viderant. Item pastor gregum de Guse invocato nomine eius curatus est de rabie et insania vehementi; testis monachus et conversus de Hegenehe. Item puero cuidam de Sethenstede in flumine merso et defuncto feria II. post Dominicam »Domine in tua« restituta est vita, dictae sororis nomine invocato; testis Landgravius et multi milites. Item Degenhardus, captus apud Densberg media die solutus a vinculis per medium hostium recedens evasit; dextrarius autem quam cito ad sylvam pervenerat, procedere non potuit, sed subito suo domino fuit restitutus. Item in festo Iohannis vir quidam de Wisentbach, claudus in uno crure, curatus est; testes tota villa sua. Quaedam puella de Richolves loquendi pariter et videndi usu privata ad invocationem eius restituta est, sanitati, et post epilepsiam non sensit. Eodem die puella quaedam de Budingen, contracta et gibbosa, utriusque curam accepit. In octavis Iohannis quidam puer de Nudebach (Medebach?) mersus in puteo, ad invocationem sororis Elisabeth revixit, et hoc probatum est per testes. Quidam claudus de Wormatia curatus est, quod similiter probatum est per testes. Femina quaedam de Udorf clauda pedibus et manibus sanata est; testes Mag. Cunradus de Marburg et Mag. Theobaldus et alii multi sacerdotes. Item puer quidam quinque annos habens, claudus pedibus et una manu ad tumbam ipsius Elisabeth curatus est; testes provisores hospitalis. Item puer quidam de Dudenheim, oppressus a matre sua, ad invocationem eius vivificatus est in divisione apostolorum; testes provisores hospitalis et homines villae illius. Waltherus faber de Gruneberg et uxor sua iuraverunt, quod puer suus paraliticus totus ex uno latere fere tribus annis ductus ad tumulum curatus est. Hedewigis iurata dixit, quod filius eius, postquam XX annorum senex octo diebus aegrotavit, octavi diei nocte mortuus est de primo galli cantu, ad secundum vero galli cantum ad invocationem auxilii famulae Dei revixit coram multis. In Volprahtishusin Henricus de Rode XVIII annos habeas iuratus dixit, quod sex annis uno crure claudus et toto corpore infistulatus ad invocationem sanctae Dei famulae curatus est. Agnes de Frankenfort, amens et insana anno et dimidio, iurata dixit, quod ad tumulum eius curata est. Henricus Mancho de Marpurg iuratus dixit, quod tribus annis coecus fuit, voto facto sit curatus et clare videt. Henricus et uxor sua de Burbach iurati dixerunt, quod filia sua, quindecim annorum clauda duobus annis et dimidio, ad tumulum eius curata est. Ditericns et uxor sua de Geibunheim iurati dixerunt, quod filia sua, coeca duobus annis uno oculo et infistulata pluribus locis corporis et stillantibus auribus adducta ad tumulum curata est. Elisabeth de Zekenvelt iurata dixit, quod puella sua submersa diu sub aquis iacens ad invocationem sororis Elisabeth revixit; testes etiam iurati duo. Uffemia de Remroth VI annis uno crure clauda ad invocationem nominis eius curata est; testis maritus eius iuratus. Diemarus de Geismar iuratus dixit, quod sororius eius caducum morbum habuit octo annis et ad tumulum eius curatus est. Irmengardis de Aldenkirchen iurata dixit cum altero teste, quod puella eius clauda ad invocationem nominis eius curata est. Eberhardus de Marpurg iuratus dixit quod filia eius infistulata fuit in auribus suis et ad invocationem nominis eius curata est. Sequenti die post festum Laurentii videntibus nobis et multis millibus hominum ad praedicationem Magistri Cunradi de Marpurg collectis puer quidam VII annis coecus uno oculo curatus est. Eodem die paulo post puer claudus et contractus a nativitate positus iuxta tumulum eius nobis videntibus est curatus. Praeter haec, multa et magna, quae operatus est Dominus per praefatam dominam, praetermisimus, quoniam de quibusdam plena fides nobis fieri ibidem non potuit, licet tamen nota sint et manifesta, et ultra terminos Alemanniae. Testes autem miraculorum ideo paucos subscribi fecimus, quia in die beati Laurentii, domino archiepiscopo in basilica dictae sororis Elisabeth duo altaria consecrante, ubi tum ad dedicationem, tum ad praedicationem Mag. Conradi de Marpurg tanta multitudo hominum convenerat, licet multi haberi poterant, propter pressuram populi coram nobis non potuerunt produci. Paternitati autem vestrae supplicamus quantum possumus, quatenus his inspectis in subsidium universalis ecclesiae et haereticorum confutanda pravitate sanctorum eam cathalogo dignemini ascribere, quoniam hoc gloriae Dei et saluti ecclesiae, si vestra decreverit magnificentia, credimus expedire«.

Ein Datum ist leider nicht beigefügt; aber nach dem darin zuletzt erwähnten Laurentiustage, also nach dem 10. August 1232, und wahrscheinlich kurz nachher, wird der Bericht geschrieben, und darin also der erste Antrag auf Heiligsprechung der Elisabeth als ein Gegengewicht gegen das »virulentum semen haereticae pravitatis«, wie es zu Anfange und (pro) »haereticorum confutanda pravitate«, wie es am Schluß heißt, gestellt sein. Darauf wird nun die Antwort und Rückfrage Gregors vom 14. Oct. 1232, bloß an Konrad, Siegfried und einen Cistercienserabt von Eberbach Raimund gerichtet (bei Manrique annal. Cisterc. T. 4 p. 437, Raynaldi Th. 13 S. 388, Würdtwein nova subsidia Th. 6 S. 24 ff.), erlassen sein, worin der Papst zwar große Anerkennung und Bereitwilligkeit ausspricht, aber doch noch eine genauere Untersuchung der Sache, sorgfältigere Aufzeichnung und Beglaubigung der Zeugenaussagen, Siegel u. s. f. fordert und eine Instruction dazu mitschickt. Und erst hierauf scheint dann der schon bisher bekannte bei Leo Allatius gedruckte genauere Bericht bloß von den Dreien, an welche der Papst seine Antwort allein gerichtet hatte, erfolgt und dadurch den Ausstellungen des Papstes besser genügt zu sein. Daß diese nicht unbegründet gewesen waren (»nos decet, sagt Gregor in seinem Schreiben vom 14. Oct. 1232, festinos in certis et lentos in dubiis inveniri«) bestätigt sich dadurch, daß die Heilungen in dem späteren Berichte sich von 58 auf 34 vermindern, und noch mehr dadurch, daß bei diesen 34 nur noch in einigen Fällen die bei jenen 58 genannten Orts = und Personen=Namen wieder vorkommen. Einige Namen finden sich zwar in beiden; so ist der lahme Sohn der Sophia de Veltpach, welcher oben S. 54 voransteht, auch in dem Berichte bei Leo Allat. S. 284 der 15te Fall; der Sohn des Walther de Grunenberg, welcher hier der 45ste ist, steht dort als fünfter S. 278; hier und dort kommt der Name oder Geburtsort de Marpurch, doch mit andern Vornamen, hier und dort kommen die Vornamen Isentrud, Guda, Mechtild, doch mit andern Zusätzen, mehrmals vor. Der oben mitgetheilte Bericht hat sechs Fälle von solchen, die schon todt wieder auferweckt sein sollen, vier davon sind Ertrunkene; der Bericht bei Leo Allat. hat fünf solcher Fälle, darunter zwei Ertrunkene und der eine dieser Fälle, der sechste im früher gedruckten Berichte S. 279, hat Aehnlichkeit mit dem, welcher oben S. 55 als 22ster vorkommt, wenigstens ist ein miles Henricus Zeuge bei beiden; der Ort ist freilich hier und dort ein anderer. Aber im Ganzen ist die Uebereinstimmung gering; nicht für die früheren Fälle, welche also größtentheils selbst aufgegeben sind, sondern für ganz neue wird die Heilungsgeschichte und werden die Zeugen angegeben, außerdem noch fast jedesmal das Geschenk, duo denarii, ein nummus argenteus oder dgl., welche der Geheilte als Lösung seines Gelübdes dem Hospital dargebracht hat. Vielleicht war es dies, was nun den Papst, als ihm nun beide Berichte vorlagen, nochmals eine noch genauere Untersuchung wünschen und dazu in einem zweiten oder dritten Briefe (beschrieben bei Raynalbi a. a. O. und bei Würdtwein S. 27, Note) Anleitung geben ließ, wie man die Zeugen beeidigen, über Zeit und Ort der Heilung näher befragen müsse u. s. w.; dies scheint ihn aber auch gegen die ganze Heiligsprechung bedenklich gemacht zu haben, welche er in den nächsten Jahren noch nicht bewilligte, und erst 1235 auf die persönlichen Bitten Landgraf Konrads gewährte. Die letzten Schreiben Gregors werden wohl auch nicht mehr in die Hände Konrads von Marburg gelangt und darum auch nicht mehr von ihm beantwortet und befolgt sein; denn wenn auf die erste Antwort Gregors vom 14. Oct. 1232 erst der Bericht Konrads, Siegfrieds und Raimunds bei Leo Allatius erfolgte, so kann dieser erst in der Zeit nach Ankunft des päpstlichen Schreibens in Deutschland und dann nach Beendigung der darin geforderten Untersuchung von den Dreien erstattet sein; er wird also erst zu einer Zeit nach Rom abgegangen sein, welche dem Todestage Konrads, dem 30. Juli 1233, sehr nahe liegt.

36.

Die Uebereinkunft bei Trithemius chron. Hirsaug. 1690 p. 447. Gregor IX bestätigte sie durch das Schreiben bei Würdtwein nova subsid. dipl. T. 6 p. 17, wo übrigens nach dem Tage der Wahl Gregors, dem 21. März 1227, von den dort mitgetheilten Briefen desselben Nr. 9—11 vor Nr. 6—8 gehörten.

37.

Graf Montalembert würde jetzt den Zustand der Kirche nicht mehr so schlimm finden wie seine Worte es ausdrücken: »la foi, qui avait laissé son empreinte profonde sur la froide pierre, n'en avait laissé aucune dans les coeurs«, vie de St. Elis. p. 3. Nach einer Restauration des Innern derselben, über welcher 13 Jahre hingingen, ist sie am 30. März 1861 wieder mit einem Gottesdienst eröffnet, freilich ohne Erwähnung der h. Elisabeth.

38.

Diese Verhandlungen urkundlich in Retters hess. Nachrichten Th. 2 S. 45.

39.

Vom 22. Febr. 1232 ein ähnliches strenges Gesetz, wie schon früher 22. Nov. 1220, oben Anm. 12, Pertz Mon. T. 4 (legum T. 2) S. 243 und 287 ff. Huillard-Bréholles T. 4 p. 298 ff.

40.

Diese Untersuchung ist vornehmlich die Aufgabe der Schmink'schen Handschrift; sie ist aber hier zu sehr mit der Parteilichkeit geführt, welche von den Häretikern als von Vorläufern der Reformation immer nur Gutes und von ihren Bestreitern nur Böses voraussetzt, und ist darum durch die besser unterscheidenden Bearbeitungen desselben Gegenstandes von Schmidt, Hahn, Herzog, Dieckhoff u. A., auf welche schon S. 37 verwiesen ist, zu berichtigen. Die Gesta Trevirorum, bisweilen nach Golscher benannt, welcher aber schon 1038 starb, (Ausg. v. Wyttenbach und Müller S. XIX) geben zum Jahre 1231 (S. 319 derselben Ausg.) eine Uebersicht der vornehmsten in Mainz und Trier verbreiteten Häresieen: »plures erant sectae, et multi earum instructi erant scripturis sanctis, quas habebant in theutonicum translatas. Et alii quidem baptisma iterabant, alii corpus Domini non credebant, alii corpus Domini a malis sacerdotibus non posse confici dicebant, alii indifferenter corpus Domini a viro et muliere, ordinato et non ordinato, in scutella et calice et ubique locorum posse confici dicebant, alii confirmationem et inunctionem superfluam iudicabant, alii summo pontifici, clero et religioni derogabant, alii defunctis suffragia ecclesiae prodesse negabant, — alii dies omnes aequipendentes feriari et ieiunare nolebant« etc.

41.

Aus seinem Bericht über die Stedinger scheint die Darstellung in dem Antwortsschreiben Gregors IX (Raynaldi zum Jahre 1233 Nr. 41—45) herzurühren.

42.

Rommel hess. Gesch. Th. I Anm. S. 240 sagt: „in Leyden war Konrad um die Manichäer auszurotten", und citirt Alberich zum Jahre 1222, wo er aber S. 544 nur den Namen pauperi Lugdunenses nicht recht verstanden zu haben scheint; von einem Aufenthalte Konrads in Leyden ist gar keine Spur.

43.
Chron. Erford. bei Böhmer fontes T. 2 p. 389, Mencken T. 3 p. 254, Ann. Reinhardsbr. ed. Wegele p. 212—213, Add. ad Lambert. bei Pistorius Th. I S. 430.

44.
Schmincke monimenta Hass. Th. 2 S. 383.

45.
An Erzbischof Siegfried von Mainz das Schreiben vom 29. Oct. 1232 bei Würdtwein nova subsidia T. 6 p. 28 ff.; an denselben und die beiden Konrade das oben S. 52 beschriebene Schreiben Vox in Rama audita est vom 13. Juni 1233; dies letztere soll nach Mansi Th. 23 S. 323 auch dem deutschen Könige Heinrich VII zugefertigt sein.

46.
Auf den 1. Mai 1231 fällt die merkwürdige Urkunde Heinrichs VII bei Pertz Mon. Th. 4 S. 282, deren Autographum neulich in Würzburg wieder aufgefunden sein soll, Augsb. A. Z. 1860 S. 5823. Vgl. v. Raumer Hohenstaufen Th. 3 S. 687, Höfler Kaiser Friedrich II S. 70. Richtig bemerkt der Letztere im Art. Konrad in Wetzer und Weltes Kirchenlexikon Th. 2 S. 809, daß Konrads Inquisition „geradezu den Clerus von Anfang zu Gegnern hatte"; nur muß man dabei dann ausschließlich an den inländischen deutschen Klerus, an die deutschen Bischöfe und ihre Weltgeistlichkeit, aber die römische und ihre Emissäre nicht mit eingeschlossen denken, gegen deren Eindringen jene vielmehr ihr selfgovernment zu behaupten suchten, und damals auch wirklich in Deutschland mit mehr Erfolg als in Frankreich und Spanien behaupteten.

47.
Gesta Trevirorum, Ausg. v. Wyttenbach u. Müller, S. 318.

48.
Wenn es mit dieser schweren Beschuldigung der wormser Annalen in Böhmers fontes T. 2 p. 175 seine Richtigkeit hätte und damit, daß wie es S. 176 weiter heißt »sic multi innocentes interierunt propter bona sua per dominos ipsa accipientes«, so müßte diese Gemeinschaft König Heinrichs und der großen Bischöfe mit Dorso und Johannes doch sehr vorübergehend gewesen sein, und sich davon sehr bald in Lossagung bei den Fürsten und

in Widerstand nicht nur gegen jene Freibeuter sondern auch gegen Konrad von Marburg verwandelt haben.'

49.
Aus dem Bericht des Erzbischofs Siegfried an den Papst in Alberichs Chronicon zum Jahre 1233 bei Leibniz accession. hist. p. 544. Textberichtigungen dazu bei Menken Th. 1. S. 86.

50.
Für dies alles die wormser Annalen, Böhmers fontes T. 2 p. 175 ff. und hier ganz ähnlich das Chron. Erphord, fontes p. 391, für das Hinrichten ohne Vertheidigung und Appellation am Tage der Verurtheilung auch die Chronica regia Gotfrieds, fontes p. 365.

51.
»Nescio quem accusem, dicite mihi nomina, de quibus suspicionem habetis« etc.; auch dies aus dem Berichte des Erzbischofs Siegfried im Chron. Alberici zum Jahre 1233 in Leibniz accession. hist. p. 545. (Menken 1, 86).

52.
Chron. Erphord. u. Ann. Worm. a. a. O.

53.
Das Statut in Mones Zeitschrift für die Gesch. des Oberrheins Bd. 3 (1852) S. 135–42.

54.
Gesta Trevirorum p. 321 (ed. Wyttenbach): »comes ille, qui magnae crudelitatis esse dicebatur«; bei dem letzten Worte muß man vielleicht suppliren: „von seinen Anklägern". Die wormser Annalen (fontes p. 176) nennen ihn »Heinricus illustris comes Seinensis, qui erat vir christianissimus, praepotens et dives, et honestissime vivens«.

55.
Ann. Worm. l. c.: »quem affirmabant equitasse in cancro, dicentes nisi confiteretur, quod castra sua, quae erant peroptima, ipsi cum veteribus mulieribus vellent auferre et inquirere« („heimsuchen", erklärt Böhmer).

56.
In Alberici chron. in Leibniz' accession. p. 545.

57.
Chron. Erphord., fontes T. 2 p. 390.

58.
Ann. Wormat., fontes p. 177, Gesta Trevir. ed. Wyttenbach p. 321. 322.

59.
Für jedes von Beiden spricht eine Lesart in den gesta Trevirorum; Wyttenbachs Ausgabe S. 322 nimmt »spreto regis in episcopi Moguntini conductu« in den Text auf; die Variante »sumto« oder »scripto« statt »spreto« enthält die entgegengesetzte Nachricht, welche auch Trithemius S. 558 aufgenommen hat.

60.
Ann. Worm., fontes 2, 117; Chron. Erphord., daselbst S. 390 Trithemius (1690) p. 558. Unbestimmter, als der Letztere, Gottfried von Cöln »a quibusdam nobilibus«, fontes p. 365; nirgends wird Graf Sayn ausdrücklich als Mitschuldiger bezeichnet. Größere Abweichungen sind nicht genug beglaubigt, wie wenn Joh. Rothe S. 472 (Ausg. v. Liliencron S. 389) zwar richtig die Bedeutung der Kreuzpredigt gegen die nicht erschienenen so angiebt: »wo man sie betrete, do sulde man sie tot slaen«, aber nun Konrad von den Ketzern nicht nur mit dem Franciskaner Gerhard, sondern auch »mit andern 12 pristern unde leyen fromer cristen lewte« erschlagen und „jämmerlich gemartert" werden läßt; „diese andern zwölf" sagt Hr. v. Liliencron, „sind wohl aus XII Kal. Augusti entstanden, oder es ist verschrieben für II". Alberich (Leibnit. access. p. 544) sagt, daß mit Konrad duo minores erschlagen seien. Den Ort der Ermordung Konrads zu ermitteln, versichert Joh. Herm. Schmincke in der »Handschrift Cap. 4 §. 3 sich „die größte Mühe von der Welt gegeben" zu haben, aber nichts sicheres herausgebracht zu haben. „Ein alter Bürger in Marburg", sagt er, „erzählte mir einstmals, daß er von seinen Vorfahren vernommen, es sei diese Entleibung vor dem Barfüßerthore an dem Ort geschehen, wo man es noch heutiges Tages zum heiligen Kreuz nennet, denn man habe zum Gedächtniß dieser That ein Kreuz daselbst aufgerichtet". „Andere hingegen suchen diesen Ort an dem Löhnberge, wo man dem erschlagenen M. Konrad zu Ehren eine Capelle gebaut; weil nun in der gedachten Gegend ein Dorf Cappeln genannt, und dieses seinen Namen zweifelsohne a capella führet, davon wir noch andere Exempel in Hessen haben, als Waldcappel, Spießcappel u. A., so wäre es

sehr wahrscheinlich, daß hierum M. Conrad müßte erschlagen sein"; er bemerkt noch mit Recht, daß damals „der Weg vom Rhein nach dem deutschen Hause jenseits der Löhne hergegangen". So giebt auch schon im Jahre 1645 Joh. Balth. Happel in seiner ersten Predigt zum Gedächtniß der heiligen Elisabeth (Marburg 1645 in 4.) S. 29 an, daß Konrad „1233 bei der Capell vor dem Löhnberge erschlagen worden"; ebendaselbst S. 35—37 auch Nachrichten über den Bau der Elisabethkirche und des Schlosses, letzteres nach ihm 1484 und 89 neugebaut.

61.
Ueber Dorsos Ende außer Ann. Worm. fontes p. 177 f. Röhrich Gesch. der Ref. des Elsasses Th. 1 S. 23 und desselben Mittheilungen aus der KG. des Elsasses Th. 1 S. 13. Nach dem Chron. Erph., fontes p. 392, kam durch ihn erst noch die Kunde von Konrads Tode nach Rom.

62.
Daß Konrad in Marburg neben der heiligen Elisabeth nach deren Translation beigesetzt wurde, bezeugen die Zusätze zu der vita der Heiligen von Dietrich von Apolda in der Wiener Handschrift bei Lambeck commentarii de bibliotheca Vindobonensi II, p. 884.

63.
»Ecce Alemanni semper erant furiosi, et ideo nunc habebant iudices furiosos«. Ann. Worm. p. 176. Dürfte man hier »iudices« auf die Mitglieder der Versammlung zu Mainz (25. Juli 1233) oder der zu Frankfurt (2. Febr. 1234), oder gar auf die Mörder Konrads und ihre Lynchjustiz beziehen, so würde man sagen dürfen, auch die Wormser Annalen lassen den Papst nicht bei seiner Mißbilligung Konrads und seiner Billigung des Widerstands gegen ihn stehen bleiben, sondern auch sie lassen ihn, wie die Erfurter Chronik, zum Gegentheile, nämlich zur Mißbilligung des Widerstandes und zum Lobe Konrads übergehen. Da aber nach dem ganzen Zusammenhange der Stelle iudices furiosi in den Wormser Annalen nur von Konrad selbst und seinen Genossen verstanden werden kann, so wird es dabei bleiben, daß aus diesen Annalen allein der weitere Hergang und die Umstimmung des Papstes nicht zu erkennen ist, daß man aber darum doch nicht, wie Höfler (Kirchenlexikon a. a. O.) thut, bei diesem Abbrechen überhaupt stehen bleiben und die durch die Erfurter Chronik wie durch die Briefe Gregors IX selbst hinlänglich bezeugte Umstimmung desselben ignoriren darf.

64.

Chron. Erphord. in Böhmers fontes T. 2 p. 392.

65.

Die drei Schreiben Gregors IX aus dem October 1233 bei Ripoll bullar. ord. praed. T. 1 p. 63—65. Das erste, nur kurz beschrieben bei Naynaldi ad ann. 1233 p. 408, mit dem Anfang »Vox in Rama l. e. tonitruo« (nicht identisch mit »Vox in Rama audita est« vom 13. Juni 1233 gegen die Stedinger, dessen vorher S. 52 gedacht ist) ist vom 21. October 1233 und ist an alle Bischöfe, Aebte und Prälaten Deutschlands gerichtet, und verbreitet sich in den stärksten Lobreden über den Märtyrer Konrad, den paranymphus ecclesiae, den minister luminis: »cuius dominici canis lingua maiori latratu terruit lupos graves? quis hodie plus zelatus est libertatem ecclesiasticam? annon ipse minister veri Moysis malitiam mundialem velut alteram Iericho tubis sacerdotalibus evertebat?« Von demselben 21. October 1233 ist ein zweites Schreiben Dolemus et vehementi an die drei im Text genannten Männer, welches ihnen unbestimmter den Auftrag giebt, assumtis vobiscum viris religiosis zu sorgen ut puniatur sic temeritas perversorum quod innocentiae puritas non laedatur. Das dritte Schreiben Quaerit assidue vom 31. October 1233, welches außer bei Ripoll S. 65 auch bei Würdtwein Th. 6 S. 38—41 steht, weist die drei noch bestimmter zur Kreuzpredigt in Deutschland und zur vollkommnen Absolution aller derer an, welche sie in personis propriis vel expensis bei Ausrottung der Ketzer unterstützen werden.

66.

Gesta Trevir. ed. Wyttenbach p. 322: conventus et curia solemnis coram rege, viginti quinque circiter episcopis, abbatibus et prioribus diversorum ordinum etiam clericis et principibus innumeris congregatis.

Diese Zahlen und das übrige wieder Chron. Erphord. p. 392 ff. Die Gesta Trev. äußern sich über Konrad v. Hildesheim nicht ganz klar.

67.

Gesta Trevir. ed. Wyttenbach p. 322. Aehnlich rühmen selbst die Wormser Annalen das Verdienst des Papsts, mit dessen Verwerfung Konrads sie endigen: »et sic divino auxilio liberata est Theutonia ab isto iudicio enormi et inaudito«. S. 178.

68.

Böhmers Regesten 1198—1254 S. 161. 250. 254. 341

(5. Juni 1234). 343 (1. Aug. 1235). Raynaldi zum J. 1235 No. 8—10. Höfler Kaiser Friedrich II S. 79 ff.

69.

Das Schreiben Vineac Domini, nach Ripoll vom 26. Juli 1235, steht Ripoll S. 78 und wenig abweichend bei Manrique Ann. Cisterc. T. 4 p. 500, wo es außer an den Erzbischof von Salzburg, welchen die Ueberschrift bei Ripoll allein nennt, noch an den Bischof Konrad von Hildesheim und an einen Cistercienserabt v. Buch überschrieben und vom 31. Juli 1235 datirt ist; unvollständig steht es auch in Schannat und Hartzheims concilia Germ. T. 3 p. 554 mit dem Datum 22. Juli. Hier und bei Manrique a. a. O., aber nicht bei Ripoll, folgt noch ein Schreiben Gregors Cum interfectores an dieselben drei Männer und von demselben Datum, zu welchem Hartzheim unrichtig gegen Manrique das Jahr 1236 herausrechnet, da das neunte Jahr Gregors nur bis zum 21. März 1236 dauert, also kein Juli darin liegt als der des Jahres 1235.

70.

Das Verfahren vor und bei der Heiligsprechung im Prolog der dicta IV ancillarum bei Menken Th. 2 S. 2007—2011. S. auch Montalembert St. Elisabeth T. 2 p. 263 ff. (Ed. 8. 1859). Die Canonisationsbulle Gloriosus in Majestate ist im Magnum Bullarium Rom. T. 1 p. 79 vom 1. Juni 1235 datirt; in einer Abschrift derselben bei dem Schminckeschen Manuscript Fol. 136 ist statt Kal. Iunii als Datum angegeben »IIII Non. Iunii«, also der 10. Juni. Ueber die Translation Böhmers fontes Th. 2 S. 369. 396 und dessen Regesten S. 661. Huillard-Bréholles hist. Frid. II T. 4 p. 839. Ueber die neuste Translation zwei Schriften von Scharfenberg (Mainz 1855) und Dubik (Wien 1858). Wenn es wahr wäre, was Closeners Straßburger Chronik (Stuttgarter Vereinsschriften Th. 1) S. 123—24 erzählt, daß der Kaiser in Marburg den Erzbischof Siegfried geschlagen und ihn dadurch der Partei des Papstes zugetrieben hätte, so müßte dies doch nur vorübergehend gewirkt haben, da er kurz nachher für den Kaiser auftrat und von Gregor gebannt wurde, s. Höfler Friedrich II S. 121. 127. Freilich blieb er später auch dem Kaiser nicht treu, sondern stritt für den Schwager der heiligen Elisabeth, Heinrich Raspe, selbst gegen seine eigene Stadt Mainz. Ein Bischof unter dem Papst hat es immer schwer mit Matth. 6, 24.